衛斯理小說典藏版 45

報應

衛斯理
親自演繹衛斯理

《報應》

新之又新的序言，最新的

衛斯理小說從第一次出版至今，歷時已近半世紀，總共出了多少正版，還能計得清，若是連盜版一起算，那就算找外星人來算，也算勿清楚哉！不知能不能也算世界紀錄。

算得清好，算勿清也好，能幾十年來不斷出新版，說明不斷有讀者加入，對作者來說，沒有更值得高興的事了，謝謝所有喜歡衛斯理的人，謝謝謝謝。

倪匡

二〇二〇年六月四日　香港

幾句話

寫了四十多年小說，論者將拙作分為三個時期：早、中、晚。在明窗出版的一批，屬於早期和中期的上半。三個時期的創作風格有相當程度的不同，所以風評不一。本人並無偏愛，但讀友對早期的作品，頗有好評，大抵是由於在早、中期作品之中，主要人物精力充沛，活力無窮，所以使故事曲折多變，小說也就格外吸引。明窗出版社此次重新出版這批作品，正好讓大家來證明這一點。

四十餘年來，新舊讀友不絕，若因此而能有新讀友，不亦快哉！

倪匡

二〇〇五年十一月六日

序言

這個故事的取材，普通之極，而且十分傳統：報應。

誰都知道報應是怎麼一回事，也相信冥冥中有一股力量在主持果報。

把種種設想，通過一個故事集合起來，對報應的運行作一個有系統的假設，相當有趣。

設想的組合是：宇宙間諸神定下了人類生活的道德規範，用報應作為獎懲。地球人沒有一個可以避得過去。

很有些警世作用。

小說當然不是為警世而寫，只求好看，但如好看之中，可以有點警世，當然更好。

你有做過噩夢，夢到自己處於一種十分可怕的處境之中嗎？

希望沒有。

衛斯理（倪匡）　香港

一九八八年十一月廿日

目錄

目錄

一

這個故事很特別。

好像每一個故事都很特別，不然，寫上了百個故事，若不個個都有特別之處，誰來看你的？

老王賣瓜，自賣自誇？

真的，這個故事，真的很特別。

如何特別法，自然，循例，要慢慢道來。

老王賣瓜，自誇了之後，要真的開出來又甜又香，老王才有資格自誇。

至於自誇的為什麼是老王，不是老陳老張老李老何，已不可考，也不必考。

二

用木頭製造的浴盆，現在已很難見到了。但這種浴盆，在很長的一段時間內，卻是中國家庭用品之中，十分重要的一種。

製造木盆的工藝過程，相當複雜，選用上好的木料，先製成一片一片的木片，每片都要同樣厚薄，同樣大小，浴盆是正圓形還是橢圓形，決定於浴盆底板的形狀，然後再把木片接合起來，木片要略為斜向外，再加上箍，箍一般是兩道，也有三道的，加箍的技術，更是精巧之極，真要詳細研究，可以在其中發現力學的巧妙應用，散成一堆的木片，在加箍之後，已經成了浴盆，但是製作過程，並未結束，還需要髹上油漆。

一般來說，先塗上桐油。

（桐油這個名詞，也幾乎成為歷史名詞了，桐油和豬鬃，在教科書上，曾是中國主要的出產和輸出品，可是問問現在的少年人，這兩件東西有什麼用，只怕許多少年人回答不出。)

在桐油之上，再塗漆。中國民族，對漆情有獨鍾，可以一層一層不斷塗上去，一隻考究的浴盆，塗上三五層漆是等閒事。漆不但可以增加美觀，使木頭更耐用，也可以起到防水的作用，那是作為浴盆必須的條件。

於是，浴盆完成了，鮮紅的漆，金黃的銅箍，一隻新浴盆，燦爛奪目，十足是一件藝術品。

浴盆在江南水鄉，還有一個用途，大姑娘小姑娘，會划着浴盆，在湖面上採菱採蓮採藕和嬉戲——這對浴盆的大小，也可以有一個概念。

現在已經很難看到這種浴盆了，一隻橢圓形的木製大浴盆，既然是主要道具，那麼，事情並非發生在現代，也就可想而知。

事情發生在什麼時代，並不重要，可能一百年之前，可能兩百年，甚至一千年，兩千年，在看這一節的故事的時候，就當作是看古裝電影一樣好了。

對了，還有一點，必須說明，這一節所發生的事，只有畫面，沒有聲音，什麼聲音也沒有，全部是絕對的寂靜。

至於為什麼會有這種情形，答案十分簡單，不過先賣個關子，在下一節中，自然會揭穿。

一隻紅漆銅箍的大浴盆，放在屋子的中央。屋子十分考究，淡青色的水磨磚鋪地，屋角的柱子，大半隱在牆中，露在外面的，也油着紅彤彤的紅漆，窗子有着雕花的窗欞，糊着發亮的棉紙，使得屋子光線充足，也映得浴盆上用彩漆描出的龍、鳳圖案，更加奪目。在一角，有一排屏風。

浴盆中有小半盆水，正在冒着熱氣，又有一個身形粗壯的僕婦，提着一桶熱水進來，把熱水傾進浴盆之中，然後出去，然後又進來，這次提的是一隻銅壺，相當大，銅壺中顯然也是熱水，因為壺嘴中，有裊裊的水蒸氣升起。

銅壺放在浴盆之旁，這表示出浴者喜歡在浴盆中泡浸一段時間——要是水涼了，就可以用銅壺中的熱水來補充加熱。而有這樣的排場，自然將要出現的出浴者，也不是普通人家的人物了。

僕婦退出之後不多久，一個只有十四五歲的丫鬟走了進來，伸手在浴盆中探了探，多半是水十分熱，熱得燙手，所以她立時縮回手來，甩着手，口唇掀動，不知說了一句什麼。

（沒有聲音的，記得嗎？）

她站直了身子，又走了出去，不一會，又進來，有一隻白嫩之極的手，按在她的肩上，那隻手的手腕上，戴着一隻和手的肌膚同樣白潤的玉鐲子，一時之間，分不清人是玉，還是玉是人。

若是電影，鏡頭先對着那隻手，接着，鏡頭向上移，看到的是淡青色的衣袖，寬寬的有着粉紅的繡邊，繡工極精細，再向上移，是斜削的肩，這一型的肩，曾在相當長的一段時間之中，被譽為美的象徵，稱之為「美人肩」。再向上，是頸子和一抹酥胸——多半是由於要出浴了，所以衣領鬆開着，這才能看到一抹酥胸，腴白得驚人。

再向上移，這樣的體態，自然不會叫人失望，必然有一張宜嗔宜喜、嬌笑無比的臉龐。

絕少例外，在這一節發生的事，也未能免俗。

這個美人兒看來，大約二十出頭年紀——現在二十出頭的女性，還很可以自稱少女的，但在古代，那是早已成熟之至的了。

這個美麗的女人，自然就是出浴者了。

美人出浴。

看到這裏，恐怕會有讀友發出噓聲來，衛斯理故事之中，竟然有在電影中早就用到濫了的美人出浴，當真是特別之至（一開始就聲明過的）。

美人出浴，要詳細寫，可以寫一兩萬字，或更多，但不寫了，因為那不是這一節發生的事的主要部分，而且，讀友也可以各憑自己的想像力去想像。

小丫鬟退了出去，美麗的女人把她的胴體浸入了浴盆之中，長長地吁了一口氣，她的眉心一直打着結，有時深些，有時淺些，她一直在蹙眉，那表示她有心事，她的臉，正對着那排屏風。

古代美女，十個之中，只怕有九個半有各種各樣的心事（現代美女，何嘗不然？）然後，她閉上了眼睛，就在她閉上眼睛時，一定有一些事發生——極可能是一些什麼聲響驚動了她，使她陡然睜開眼來，緊接着，在她俏麗之至的臉上，現出吃驚之極的神情來。

使人真正感到她異常驚恐的，還不是她臉部肌肉所表現出來的神情，而是她雙眼之中流露出來的眼神，簡直可以使接觸到她眼神的人，感染到她心中的驚懼，而直跳起來。

究竟是什麼令得她如此驚怖？她一定是看到了什麼可怖之極的東西，才會這樣。

她究竟看到了什麼？

不知道。

不知道，這像話嗎？這故事是怎樣說的？說故事的可以賣關子，且聽下回分解，不可以說不知道。不知道，說什麼故事？

且慢且慢。既然敢說了不知道，一定有理由，理由一說就明白，不過是要放在下一節。

這一節的事，就發生到這裏為止——哦，還有補充一下的是，那美人的驚怖，迅即傳遍全身，她身子劇烈地發着抖，令得浴盆中的水都震了出來，流在地上，迅速被磚塊吸收。

三

首先映入眼簾的，是一柄鮮紅色的傘。

傘是洋傘——自然可想而知，在這一節發生的事是現代了。不過是五年前，十年前，還是就是今天或昨天，倒也不必深究。

還是當作在看電影，變成了時裝片，要再次聲明的是，仍然沒有音響，什麼聲音也沒有，例如門外面就是街道，人來車往，又下着大雨，應該有雨聲人聲車聲各種鬧市之聲，可是當玻璃門被推開之際，一點聲音也沒有。

由於下着大雨，所以門一推開，傘先進來，人在傘的後面。

用那種鮮紅色傘的，當然是女人，傘是遮住了那個女人的上半身，下半身是一條窄裙，小腿線條優美，皮膚白皙動人。

自傘面上，有大量的雨水滑落，撐傘的人迅速轉過身，把傘向着門外，於是，看到了她的背影，也只有這樣窈窕的身材，穿起窄裙來才好看，她的肩略斜，所以使她看來格外纖細。

她收起了傘，提着傘片刻，讓雨水順着傘尖向下滴，先是一條直線，後來變成一滴一滴。這柄鮮紅色的傘，有一個同樣鮮紅色的透明塑膠柄，看來像是一個血紅的水晶球，十分奪目。

門內，有貨物陳列，陳列的全是玻璃器和擺設，一望而知，是一間專售玻璃製品的商店，商店中未見有人。

撐傘者把傘放進門旁的一個傘架之中，轉過身來，她的身分，這時也大致明朗——可以把她當作是一個進商店來的顧客，或許她並不想購買什麼，只是由於外面雨太大，她進來避一避，順便看看商品。

她十分美麗，面色蒼白，不施脂粉，神情有着大都市人特有的冷漠。

等一等，等一等。

這個美麗的女郎，十分臉熟，對了，她就是上一節之中，那個在浴盆中出浴的美女。雖然一個古裝，一個時裝，但絕對是她，一點也不錯，就像是同一個演員所演的兩部電影一樣，打扮服飾神情，儘管不同，但是同一個人，毫無疑問。

唉，只是打扮服飾不同，神情也一樣。

女郎轉過身來之後，剎那之間，有極短暫時間的僵呆，接着，她俏麗蒼白的臉上，就現出害怕之極的神情來。她張大了口，可能發出了一下尖叫聲。（聽不到任何聲音，記得嗎？）

她由於驚怖，整個臉形都變了，恐怖令得她身子向後退，重重撞在玻璃門上，她在劇烈發抖，雙手伸向前，像是想阻擋什麼。

她一定是看到了什麼，才會那麼恐懼的。

在鬧市之中，大白天，雖然下大雨略有恐怖氣氛，但也決計比不上傳統的月黑風高，在一家商店之中，她看到了什麼，使她如此害怕？

究竟那是什麼？

嗳，對了，下一節，自然會寫出來，就算下一節不寫，下下一節也會寫，不，還是肯定就在下一節寫出來的好。

四

坐在白素對面的，是一個相貌十分清麗，大約二十七八歲的女性，她髮型簡單，衣服樸素，給人以十分乾淨清爽的感覺，人的外形、相當重要，像這個女郎那樣，一照面就會給人好印象。

女郎一進門，就雙手向我和白素遞上名片，名片比一般常用的小些，銀白色，十分精緻，上面只印着三個字：陳麗雪。

這樣的名片，除了介紹自己的姓名之外，沒有別的用處了，而她一見我們就派名片的用意，也正是如此。

她為什麼不用言語來介紹她自己的名字呢？因為「手語」雖然已發展到了可以作相當詳盡的交談的地步，但是要介紹出自己的名字，還是相當困難的事。

陳麗雪只能用「手語」和人交談，那麼清麗的一個女孩子，天生是個聾子，所以連帶也成了啞子，她是一個天生的聾啞人。

陳麗雪的文化程度相當高，寫起字來，又快又整齊，在和她見了面之後的交談中，一半是手語，遇到手語難以表達的，就用文字，文字的表達能力，有時比語言還強，所以要明白她的意思，並無困難。

陳麗雪是胡説介紹來的。

良辰、美景在瑞士求學，據説她們貪得無厭，學了這樣還想學那樣，所以極之繁忙，自然無法抽身。而溫寶裕自從和苗女藍絲一見鍾情之後，整個人都有了大改變，變得恍恍惚惚，喜歡自言自語，不再呼朋聚黨，高談闊論。這是青少年在戀愛時期的正常現象，他來過幾次，只是坐着發呆，被我趕走，倒也落得清靜。

胡說向來不主動一個人到我這裏來，所以那天中午接到他的電話，我有點意外：「好久不見了，有事？」

胡說沉默寡言，和這樣的人說話有一個好處，就是不會浪費時間說廢話。他立刻就道：「我有一個幾乎沾不到邊的親戚，有些事想不透，十分苦惱，想來見見你！」

我沒有長嘆一聲，也沒有笑，只是「嗯」了一聲，自然，胡說可以在我的這一下聲音之中，聽出我心中的不滿。他立即又道：「她是一個天生的聾啞人，發生在她身上的事，極之不可思議，你懂手語嗎？」

那時，白素恰好在我的旁邊，這種提議和要求，若是由不相干的人提出來，我早已一口拒絕，可是和胡說畢竟十分熟，而且他說「不可思議之至」，縱使有誇張，程度也不會太高，不像溫寶裕，他如果那樣説，那簡直就可以置之不理——他曾有一次大叫「不可思議」，只是因為看到了一隻蜻蜓從靜止到振翅飛起。

這時，我不是很有興趣，又不好推辭，見到白素在一邊，靈機一動：「手語？我不是很精通，但我身邊有一個真正的專家在。」

胡説立即知道我指的是什麼人：「一樣的，我請她立刻來見你們，她絕不討人厭。」

我其實還沒有肯定的答覆，胡説就已經掛上了電話，我只好向白素作了一個無可奈何的手勢，同時用手語向她説：「你的手語可流利嗎？」

白素把她的雙手運作得飛快：「當然，流利之至，歡迎隨時指教！」

我張開了口，作「唔該」大笑狀，可是沒有發出聲音來。白素立時又用手語警告我：「等一會客人來了，千萬不能這樣，生理上有缺陷的人，都十分敏感，會將那視作你的無禮行動。」

我也用手語回答：「你的說法不能成立，她根本聽不到聲音，我張大口，發出了或不發出聲音，對她來說，都是一樣，沒有分別！」

白素搖頭，她的手語快絕，要留心看才行：「你錯了，聾人聽不到聲音，可是能感覺得到是不是有聲音發出。」

我用力一揮手，大聲道：「你又不是聾子，怎麼知道聾人有這種感覺？」

白素一副理所當然的樣子：「許多聾人都這樣告訴過我，所以我知道！」

我沒有再和她爭下去：「等一回人客來了，由你來和她交談！」

白素沒有異議，事情就這樣決定。本來，我準備人客一來，我略為寒暄幾句就告退，可是來人的外形既討人歡喜，她的第一句話，就把我吸引了。她的第一句話是：「我曾回到古代去，有一次，我回到了古代。」

她在打了這樣的手語之後，看到了我和白素有一個短暫時間的驚愕，所以立時又打開了筆記本，把她兩句話寫了下來。

我和白素確然驚愕，因為我們也想不到，她會一下子就說出這樣的話來！

等她寫了之後，我和白素連連點頭，白素立時回答她：「突破時間，雖然怪異，但絕對有可能發生，我們有兩個熟人，甚至已掌握了在時間之中自在來去的能力！」

陳麗雪的神情迷惑之極，她又說：「我的情形很特別，在回到古代之後，我不知道……自己是什麼人，還是別的什麼。」

（她當然是用手語「說」的，以後不再作說明了。）

她說的，就是第二節之中所寫的那件美人出浴的事，她說得十分詳細，當然我在轉述時，又加了不少枝葉進去，如同浴盆的製造法之類，要把純故事化為小說，總得有點附加品的。

現在，一切只有畫面，沒有聲音的原因明白了吧？因為身歷其境的人是一個聾啞人，根本聽不到任何聲音，所以，她在叙述她的經歷時，也不會有任何有關聲音的描述。

事情突如其來，陳麗雪和家人一起居住（有關她的情形，以後會詳細介紹），她有一間相當大的連浴室房間，她吸小量的煙，午夜時分，欲睡之際，她習慣抽一支香煙。她有生理缺陷，十分喜歡沉思，性情自然偏於憂鬱，在寂靜的世界中，思緒似乎可以完全不受任何束縛，恣意馳騁，她也喜歡全然不着邊際的遐思。

那天晚上，她望着吐出來，漸漸散去的煙，煙的形狀怪異變幻，全然沒有規律可循。

就在那時候，她忽然有了一個極短時間的恍惚，然後，一切都改變了。

她回到了古代。

我和白素一起問：「你怎麼肯定是回到了古代？」

陳麗雪一開始，也不知道是回到了古代，她的第一個感覺是，自己進入了夢鄉，睡着了，而夢境是一個拍古裝戲的大佈景。

她覺得自己忽然進入了佈景之中，有十分短暫的迷惘，接着，她聽到了沉重的腳步聲。

不知道出自什麼理由，或許那是人突然處在一個陌生環境之中的突然反應，一聽到有腳步聲，她第一件想到的事是躲起來。整個屋子中，除了正中放着那隻浴盆之外，就是屋角的那一排屏風，所以，她立時閃身躲進了屏風後面，在一扇和另一扇屏風聯結的隙縫中向外看，她看到了一個粗壯的僕婦，提着大桶熱水進來。

接下來，她看到的一切，第二節中全寫了。

她看到那美人浸在浴盆中，閉上了眼睛，全心享受沐浴的樂趣，心想，這裏不知是什麼所在，那麼古怪，自己怎麼會來的？總是十分古怪，不如快點離開這裏，那出浴的美人正閉着眼，如果快些悄悄走出去，或者可以不被人發覺。

陳麗雪打的主意不錯，可是實行起來就大有問題，她是聾人，根本對行動之間會弄出什麼聲響來，一點概念也沒有，所以，她一出屏風，出浴的美人，就睜開眼來，突然看到了她。

陳麗雪在說到這裏的時候，指着她自己的臉問：「我的樣子很可怕嗎？」

白素道：「當然不可怕！」

陳麗雪苦笑：「那麼，這個美女見了我之後，為什麼那麼害怕？是不是……那時我根本不是這樣子，是一個什麼怪物？」

白素和我一起搖頭。

那出浴美女的害怕，自然大有理由，若然陳麗雪真的回到了古代，古代一個美女正在出浴，忽然屏風後面冒出一個陌生人來，雖然同是女性，但服飾打扮，大不相同，那就有足夠的理由，駭然欲絕了。

就算陳麗雪沒有回到古代，她經歷的現象，不是時間的轉移，只是空間的轉移，她被轉移到了一個古裝戲的佈景中，正在出浴的美女是演員，忽然見了一個陌生人，也有足夠驚愕的理由。

也有一個可能，一切的經歷，只是陳麗雪的幻覺，既然是幻覺，就完全不必說理由了！

三個分析，一個由白素提出，兩個由我提出。陳麗雪低頭想了相當久，才緩緩搖了搖頭，顯然將我們的三個分析完全否定了。

我們自然想聽她說原因。

陳麗雪先說：「那不是佈景，真的是古代，沒有拍戲的任何工作人員，也不是我的幻覺，就算是害怕，也不應該害怕到這種程度。」

我和白素都停了片刻。

陳麗雪再強調：「回到古代不算太怪，怪的是到了古代，我不知是什麼怪物，叫人一看就駭然欲絕！」

她堅持這個說法，當真怪不可言。

第二節中，出浴的美女究竟看到了什麼才會如此驚怖，是真的不知道，因為陳麗雪不知道她那時是什麼。

我還是堅持我的分析：「你還是你！我可以接受你不是幻覺，是真的回到了古代，但不同意你在那時變了什麼怪物。別說是古代，陳小姐，就算是現代，當你正在出浴時，浴室中突然冒出一個古裝女人來，難道你還會鎮定地問她貴姓芳名？」

陳麗雪遲疑了一陣：「可是也不必害怕成那樣，一定是我——」

我不等她再說下去，就用力一揮手：「說不定易地以處，你比她更害怕！真不知道你為什麼要那麼固執地認為自己在那時變了怪物！」

陳麗雪神情很古怪，我的話，已經相當不客氣了，可是她並不是生氣，只是頑固地不肯接受我的意見。

白素這時打圓場：「陡然之間，忽然置身古代，確是一件值得研究的怪異事——」

陳麗雪卻急促地做着手勢：「對我來說，弄明白我怎麼會進入古代，還不如我……究竟是什麼樣子重要……」

白素的耐心再好，這時也不禁皺眉，陳麗雪的話更急促：「你們看我現在怎麼樣？」

我和白素異口同聲：「很好啊！」

陳麗雪大口吸着氣，有那麼十來秒的時間，她的臉色蒼白無比，使人擔心她會昏過去，看來，她是真正感到了驚恐。

我和白素都在等着她的進一步說明，她在漸漸恢復了常態之後才說：「前三天，我又見到了那個……女人。」

乍一聽得她那麼說，我和白素一時之間，都會不過意來：「哪個女人？」

陳麗雪的回答是：「就是那個在古代出浴的那個女人，我又看到了她！」

那時，我們當然不知道她是在什麼情形下「又見到」那個女人的——聰明的朋友，自然早已想到，陳麗雪又見到那女人的情形，早已在第三節中描述過了。

白素和我一齊作手勢：「請說得詳細些。」

陳麗雪又吸了一口氣：「我開設一間小規模的禮品店，專門出售玻璃製品，這家小店，由我一人主理……我不在乎生意的好壞，只是想藉此打發時間。寂靜世界……有時會帶來極度的憂思，這是你們不明白的。」

白素輕輕地在她的手臂上拍了兩下，表示同情。她又道：「那天，下着大雨，她推門進來，不知道她是想來避雨，還是想來買東西，我那時正在櫃後面，她抬頭一看到了我，就——」

那女人一抬頭之後的情形，在第三節已詳細敘述過，不再重複。我和白素互望了一眼，照陳麗雪所說的情形，那女人進了店子之後，店中應該只有兩個人，那女人一抬頭，看到的自然是陳麗雪，看到了陳麗雪，為什麼要害怕？當真是莫名其妙之至，所以我忍不住咕噥了一句：「多半這女人是神經病……」

想不到陳麗雪也精於唇語，她對我的話，立即有了反應：「衛先生在開玩笑了，她一定看到了什麼，才會那麼害怕的……這就使我有理由相信，我在某種情形下，會變成十分可怕怪物，不但忽然之間到了古代會變，就是好好在店鋪中也會變……。」

她在這樣說的時候，神情駭然，看來十分叫人同情，我大聲道：「你在胡思亂想！」

白素向我打了兩個眼色，問陳麗雪：「你兩次見到她，肯定是同一個人？」

陳麗雪用力點頭表示肯定。

白素又問：「是在店堂裏先見了那女人，然後再忽然在古代見到她出浴？」

白素這樣一問，我立時明白了她的用意，雖然陳麗雪先說了「進入古代」，再說在店子中的事，但如果店子中的事先發生，事情就簡單得多了——店子中的事，令她印象深刻，然後，就有了「進入古代」的幻想。

陳麗雪的反應極靈敏，她立時搖頭：「不，先有古代的事，再在店中看到她，這個女人的樣子，我……印象極深刻，我已把她的樣子畫出來——我學過畫畫，相信她的照片，也不過如此。」

她說着，就打開帶來的袋子，取出幾張鉛筆人像過來，畫中是一個極美麗的女郎，一張是出浴圖，一張是時裝的，另有一張，是那女郎在浴盆中，驚怖欲絕的神情寫照，再有一張，是那女郎在店中，不知由於看到了什麼而驚怖後退的情形。

四幅畫，都細膩傳神之極，毫無疑問，陳麗雪有極高的藝術天分。她竟然能在畫中，把那女人的驚恐神態表現得如此逼真，叫人一看，就絕對有理由相信那女人一定是看到了極可怕的東西。

古代美女出浴，忽然看到屏風後有人冒出來，自然有極度吃驚的理由。可是現代人進入精品店，抬頭看到了店員，有什麼理由驚怖？

我不由自主，盯着陳麗雪看了好一會，心中不由自主在想：「她如果真的會變，不知道變出來的，是一個什麼樣的怪物。」

陳麗雪自然知道我盯着她看的意思，所以也神情緊張，雙手緊握着拳。白素的視線停留在畫上，由衷地讚歎：「畫得真好，可以給我們留一個副本？」

陳麗雪忙道：「不必留副本，夫人要是喜歡，只管留着就是。」

白素道了謝：「你的情形，確然很特別，但是不必堅持自己會變怪物，至於這個美女，為什麼會忽然出現在古代，又出現在現在，又為什麼兩次都那麼害怕，那就應該由她來回答。」

陳麗雪大為訝異：「你們認識她？」

不等白素回答，我已先笑起來：「這樣的美麗女郎並不多見，相信她也不會隱名埋姓，要找出她來，十分容易。」

陳麗雪的神情開朗了許多：「如果能當面問她，為什麼如此驚怖，那真是太好了，請……一有消息就立刻通知我。」

我剛在想，如何才能最迅速地和一個聽不到聲音的聾啞人取得聯絡，陳麗雪已取出了一隻傳呼機來，輕按下了一個掣，那傳呼機就震動起來，我不禁啞然失笑，那麼簡單的方法，竟也會想不到！

白素答應着，又道：「如果你又有什麼怪異的遭遇，請告訴我們。」

陳麗雪連連點頭，起身告辭，我和白素送她到門口，看到一輛由司機駕駛的車子在等她，看來她的經濟環境不錯。

送走了陳麗雪，我和白素互望了一眼，然後一起道：「一、二、三，找小郭！」

說了之後，為我們兩人心意相同，不禁高興得一起笑了起來，我打電話給我們的郭大偵探，告訴他，託他找一個人，有這個人的肖像，我立刻用圖文傳送給他。

一共是四幅畫，我傳給他的那一幅，是現代的，那美麗女郎進了店子，還沒有現出害怕神情來的那一幅，不到五分鐘，小郭的電話就來了。

他在電話中，向我大叫大嚷：「衛斯理，你在開什麼玩笑，真是！」

我愕然：「誰開玩笑了？」

小郭叫得更大聲：「你叫我找的那個美女！」

我明白了：「她十分出名？是我和白素孤陋寡聞，所以才不知道她是誰？」

小郭悶哼一聲，但總算不再叫嚷：「也不能怪你的，你們一向不喜歡流行的社交活動，也不會看有關這種活動的報道。這個美麗的女孩子才過了二十一歲生日，她的生日舞會，是這個城市有史來最豪華轟動的一次，因為她有一個極有錢的父親，她是金大富的女兒金美麗。」

我心中暗嘆了一聲，我聽說過金大富這個人，近幾年成了富翁，他自己叫金大富，女兒叫金美麗，雖然真的極美麗，可是這名字也未免太直接了一些！

我立即又想到，為什麼陳麗雪也不認得她？理由可能和我們一樣，對於某些人十分熱中的那些社交活動，多半陳麗雪對之也一點興趣都沒有。

我沒出聲，小郭又道：「你找她幹什麼？」

我想了想才道：「有一點小事，是不是可以安排一下，見一見她，和她交談幾句？」

小郭笑得曖昧：「社交界的第一美女，連衛斯理也有興趣？」

我有點惱怒：「少廢話！能不能安排？」

小郭一口答應：「當然可以！約好了她，我通知你！」

我放下電話，白素向我作了一個鬼臉，我不禁苦笑：「我們住得真背時。」

白素笑：「也不算什麼，沒有可能認識城市的每一個人，那金大富，聽說是南美洲的華僑，近年來才在這裏大展拳腳的？」

我攤了攤手，表示一點興趣也沒有：「小郭安排妥當之後，我看你出面先見這位金美麗小姐？」

白素略想了一想，就點頭答應。

五

小郭十分神通廣大，第二天就約好了金美麗，白素在約定的時間前去，我忽然想起，我和溫寶裕一起在神秘的降頭之國時，曾和白素通電話，當時在書房，白素正和一個女人在説話，回來之後，一直忘了問她那是什麼人，這時突然想起，也就順口問了出來。

白素陡然一怔，一時之間，有連我也捉摸不到的神情，這，以我和她心靈相通的程度來說，簡直罕有之極，我立刻想進一步追問，白素已經道：「等我回來再說。」

雖然我滿腹疑惑，但是白素既然說等她回來再說，她必然不會這時就說出來，我再問也沒有用處。我那時的神情，看來一定十分怪，所以白素又寫着說：「你怎麼心急得像小孩子，沒有什麼大事的！」我瞪了她一眼，怪她明知我性子急卻又不肯痛快地明言。

白素帶着笑容離開，我坐下不久，胡說就又有電話來：「你們見過陳小姐了，她的經歷，是不是很奇特？」

我同意：「確然奇特。」

我三言兩語，把事情說給他聽，胡說的聲音之中，更是充滿了奇訝：「真有其人？是的，我也聽過金大富這個名字。衛先生，整件事，屬於什麼性質？」

胡說的話，別人或許不容易明白，我卻知道他的意思。

屬於什麼性質？

胡說的意思是：如果陳麗雪的經歷，只是進入了時間隧道，回到了古代，那性質就是時間倒流。如果陳麗雪的經歷，是古代和現代的交織——她在兩個不同的時間之中，見到同一個人，那麼，事情的性質就複雜得多，不但是時間倒流，而且還可能夾雜着發生的因果。

而如今，在兩個不同的時間之中，遇到的同一個人，對陳麗雪又表示了極度的恐懼，那自然更加複雜，複雜到了無法分類的地步！

所以，我的回答是：「我無法確定是什麼性質，要等白素見了金美麗回來之後再說。」

胡說沉默了片刻：「我和陳麗雪關係十分遠，但是和她有好朋友的交情，她有極高的藝術天才，而且十分喜歡閱讀，她並不感到自己的缺陷有什麼不好，說出來很幽默，她十分喜歡研究聲音對人體形成的傷害的研究文字，說她活在一個絕對沉寂的世界之中，可免噪音之苦，比常人幸福！」

我不禁對陳麗雪那種超特的人生觀悠然神往：「她能那樣想，那是她的幸運，她的家庭情形怎樣？」

胡說道：「家境極好，我那位表姑父，也就是陳麗雪的父親，是著名的細菌專家，有很多著作，曾擔任過本地一間大學的校長——」

我陡然叫了起來：「陳定威教授！」

胡說道：「是，我猜想你一定認識他。」

我站了起來，用力揮着手：「豈止認識，簡直很熟，至少有三個以上不同性質的聚會，我和他都有份，前一陣子還見過他，他最近的退休晚宴，也不過是在半年前，真想不到。」

胡說繼續道：「陳教授只有一個女兒，生下來不久，就發現她有缺陷，當時陳教授夫婦都難過之極，以陳教授在醫學界認識的人之多，如果陳麗雪的毛病可以醫理好，早就醫好了。」

我只是回答：「診斷的結果是……」

胡說講得相當慢：「腦部掌握聽覺神經運作的部分先天性沒有發育，絕無希望聽到任何聲音。」

我想了一想：「陳教授如果知道他女兒那麼想得開，他也不會難過。」

胡說嘆了一聲：「教授夫人，我的表姑，卻為之鬱鬱不歡，以致早逝。」

我回想和陳定威教授認識的經過，他從來也未曾提及過他的妻子，顯然我認識他的時候，他已經有了喪偶之痛了。女兒聾啞不要緊，連帶令得妻子早逝，那自然傷痛之至了。

我和胡說都為陳教授的不幸，感嘆了一陣，我答應胡說一有消息就和他聯絡，然後我就在書房中等白素回來，一面仍然看着陳麗雪所畫的那四幅人像畫，尤其是古裝的那兩幅——可以肯定，她進入古代，不可能是幻覺，因為那浴盆上用彩漆繪出的圖案，她都照樣描了出來，若是幻覺，怎會連這種小地方都注意到？

白素在一小時之後回來，她自然知道我性急，所以車子一到門口，她就響號兩下，我直跳起來，奔下樓梯，打開大門迎接。

白素的神情相當凝重，顯然事情有意料不到的情形在，而且這種情形，白素無法理解。

那更使我急於知道經過，我握住了她的手，望着她，白素和我一起上樓，踏上第一級樓梯時，她已開始向我敘述和金美麗見面的經過。

六

金家給於白素的歡迎，隆重之極，就差沒有在花園內大鐵門到屋子的石階前，鋪上紅地氈了。

金家的大宅，花園的鐵門上是鍍了十八K金的。因為金大富姓金，所以他對於金子特別有興趣，只要有可能的話，一切器具裝飾，也盡量用金子——城市的笑柄是，那兩扇鐵門，金大富本來是想用純金來鑄造的，後來一算之下，實在太貴了，這才放棄的。

白素的車子駛進了，金光閃耀的大門緩緩打開，她就不禁皺了皺眉，觸目所見的金色，實在太多了，花園中的欄桿是金色的，噴水池中間的不是大理石像，而是金色燦然的金像，塑的是一條金色的昂首揚爪的金龍，建築物的大門，也是金色的……總之，金大富的用意，是要用黃金的光芒，使得不習慣的人，每隔三秒鐘，就自然而然要閉上眼睛一會，不然，就會受不了！

很多人都說黃金俗，其實，黃金十分美麗，在金屬之中，也沒有別的比黃金更好看的了。可是，像金大富那樣處理黃金，也確實叫人不敢恭維。在金光閃閃的大門打開的時候，早就有穿着制服的男僕六名，列隊恭迎。出乎白素意料的，是她不但看到金美麗站在屋子前在等她，也看到金美麗身邊一個又高又瘦的中年人在等她，那是金大富，白素可以一下子，就認出這個常有相片刊在報上的新冒起來的豪富。

白素自然不會在乎金大富是不是出現，但歡迎得如此隆重，自然也心中歡喜。白素一下車，金大富就大踏步的迎了上來，聲音嘹亮：「歡迎！衛夫人，衛先生怎麼不來？過幾天有一個小聚會，能請賢伉儷一起參加，以增光寵，令蓬蓽生輝？」

他用的語言古不古，今不今，再加上他的樣子很滑稽，一身十分華麗的服裝又太嚴肅，講起話來五官擠在一起，實在引人發笑。

白素當然沒有笑，不單是因為她看出金大富對她的歡迎十分真誠，也為了禮貌，而且她求見的理由也十分突兀，所以她的回答十分得體，她知道我的脾氣，當然不敢答應金大富的邀請，她道：「你太客氣了，我來得冒昧，幾天後的事，要和外子商量了再說。」

金大富的臉上，有明顯的失望，但是隨即又熱切地笑起來，指着金美麗：「這是小女美麗，大名鼎鼎的衛夫人指名要見她，真是她的榮幸！」

白素向金美麗望去，看到金美麗正小小地做了一個鬼臉，顯然她感到父親的話太誇張了，白素會心微笑。金美麗真的極美麗，這時她嬌俏的臉龐上，肯定半分胭脂水粉都沒有，但是清麗絕倫，一切美人應具備的，她都有，而更多出了靈動流轉的藝術氣質。

她的衣著十分隨便，和一般女孩子一樣，態度也十分大方得體，她向白素伸出手來：「很高興認識你，衛夫人。」

白素急着自我介紹：「我叫白素，很少人叫我夫人什麼的。」

金美麗笑容燦爛之極：「我知道，一聽說你想見我，不知道多高興！」

她拉着白素的手進了屋子，而把她的父親冷落在一邊。進了屋子之後，照例的金光處處，白素還沒有坐下來，就道：「有一件相當怪的事，想向你求證一下。」

金美麗揚了揚眉，顯然她事先絕未料到白素來訪的目的是什麼。她還沒有回答，金大富忽然搶前一步，他天生聲音大：「衛夫人，我也有一件相當怪的事，要向……衛先生和衛夫人商量。」

白素向他望去，只見他搓着手，神情十分焦急，顯得他所謂「怪事」，一定在情緒上給他以相當程度的困擾。白素本來就樂於助人，再加上她自己有事求人在先，所以立即道：「好！」

金大富長長地吁了一口氣，像是卸下一副重擔一樣，他還這樣說：「唉，想找衛先生很久了，託了不少人都說衛先生的脾氣大，不肯輕易見人，所以不敢去碰釘子，可是這種事，人人都說只有衛先生可以解決！衛夫人忽然想見小女，真乃天助我也！」

（白素直到這時才明白她受到這樣隆重的歡迎，是由於金大富早就有求於我，苦於沒有接近我的門路。我雖然不是什麼大人物，但是像金大富這樣的人，真還不容易見到我，別說他還有奇難雜症要我處理了！可是如今白素竟然自己送上門去，怎不叫他喜出望外！）

（我聽白素講到這裏，又聽得她立時答應了下來，忍不住向她瞪了一眼。）

（白素作了一個手勢：「你要準備見金大富，來而不往，非禮也。」）

（我啼笑皆非：「好啊，連這種說話的方法都學會了！」）

金大富當時高興得手舞足蹈的樣子，十分惹笑，金美麗有點不好意思：「爸爸！」

白素和金美麗坐了下來，金美麗姿態優美，言語得體：「不知道要向我求證什麼事？」

白素開門見山：「三天前，正下大雨的時候，你曾經進入過一間專賣玻璃製品的禮品店？」

問題聽來很長，也很突兀，但其實十分簡單，答案只有「有」或「沒有」，不可能有第三個答案。可是金美麗一聽，先是陡然震動，接着，她現出了一個十分惘然的神情，既不說有，也不說沒有，看樣子，她像是苦苦的追憶，但是三天前的事，她實在沒有理由想不起來的！

看着她眉心打的結愈來愈深，白素不得不提醒她：「當時，你用的是一柄鮮紅色的傘。」

金美麗陡然跳了起來——真正的跳了起來，她本來是坐着的，一下子跳了起來，而在這之前，她的一切動作都十分正常，所以，令得一向鎮定的白素，也不禁為之愕然，身子向後仰了一仰，以防她還有什麼進一步的異常行為。

她跳起來之後，站定，用力揮着手：「我記起來了！對了！我記起來了！本來我模模糊糊，不敢肯定，可是現在記起來了，我……記起……來了。」

她說到後來，聲音發顫，現出極害怕神情來。白素這才確知陳麗雪的繪畫技巧之高——眼前的金美麗，那種害怕的神情，就算用攝影機來捕捉，也不會比陳麗雪的畫更傳神。

白素看到金美麗如此害怕，她忙道：「別怕，發生了什麼事？」

金美麗急速地喘氣，四面看看，足有一分鐘之久，她才緩過氣來，仍然站着，問：「你說什麼？一家專賣玻璃製品的禮品店？」

白素點了點頭，金美麗長長吸了一口氣：「好像是，我不能肯定，一切事情都是朦朦朧朧的，只有一剎那間，我看到的情景，最最清楚。」

她說到這裏，又深深吸了一口氣：「所以，我是在什麼環境中，我也不清楚，只是在突然之間，我看到了……看到了一個……一個……一個……」

金美麗一連重複了三次，還未曾說出她究竟看到一個什麼。如果換上了是我，一定大聲催促她快點說出來，但白素十分有耐心，她反倒勸金美麗：「慢慢來，要是你見到的東西，你以前根本沒有見過，說不上是什麼，你不妨就你見到的形容。」

金美麗再吸了一口氣：「我看到一個很大的洞，漆黑的洞，在我的面前……」

她神情遲疑，白素也不禁皺着眉：「一個很大的、漆黑的洞，可以理解，但是這個洞『在面前』，就有點不可思議了。」

金美麗用手比着，照她所作的手勢來看，那個在她面前的漆黑的大洞，直徑約有一公尺左右。

白素等着她作進一步解釋，金美麗又遲疑了片刻，才道：「好像我站在一個很深的山洞之前。」

白素低嘆了一聲：「這種情形的確相當詭異，可是也似乎不應該害怕成那樣！」

金美麗神情駭然：「怎麼不害怕？一看到那樣漆黑的深洞，我就感到那個洞有一股強大的吸力，會把我吸進去，我無法反抗，一被吸進去之後，我……我……」

她說到這裏，身子把不住發起抖來，面色蒼白之至，雙眼甚至由於驚恐而目光散亂，聲音自然也充滿了恐懼：「我甚至可以預見我被吸進去之後的可怕結果。」

白素伸手過去，握住了她冰涼的手，在她手背上輕輕拍打着，語言之中帶着愛意——那很能起鎮定作用：「吸進去之後怎麼樣？會墜入地獄？」

白素的故作輕鬆，看來金美麗無法領會，她又陡然震動一下：「我不知那算不算是地獄……我知道，我會雙腳向前被吸進去……事後，我想過很多次，一直把這個印象，當作是一場噩夢所留下來的，也沒有向任何人說起過。我會雙腳先被吸進去，而在那個黑洞裏面，不知道有什麼裝置……猜想……是一架碎肉機……」

金美麗說到這裏，聲音嘶啞，望着白素，哀求道：「我可不可以不說下去？」

她的神情可憐之極，白素嘆了一聲：「如果你的腦中，真有那麼可怕而又真實的感受，我想你說出來，會比較好些。」

金美麗睜大了眼，神情驚怯，吞了一口口水：「我的雙腳——就被吸進了碎肉機中……被碎磨了……接着我的身子還在向內移，我的小腿……大腿……腰，我甚至可以看到我的身子成了肉醬之後紛紛落下來的情形……我……我……」

她陡然尖叫起來：「我說不下去了！」

白素雖然見慣怪異的事，而且一向處事鎮定，可是這時聽得金美麗說來如此可怖，如此令人毛骨悚然，她也不禁感到一股寒意。

但是她仍然堅持：「快說完吧，說說最後的情形！」

金美麗的聲音類似嗚咽：「最後只剩下一個頭，我的頭，我還能看到我的身子……成了一堆……」

她雙手掩面，喉間發出相擊似的「咯咯」聲，白素在她的背上輕拍着，沒有再逼她說什麼。

過了三五分鐘，金美麗才放下了掩臉的手，望向白素，看來已經鎮定了下來：「那一切，當然只是幻覺，我的身子好好的還在，而且，自從那次之後，我也沒有再產生同樣的幻覺。」

白素這時，思緒十分紊亂，當然也無法回答金美麗提出的問題。看來金美麗也很有分析的頭腦，她稱之為「幻覺」，那很對，當然是幻覺。

人的腦部活動，在某種情形下，受到了內在或外來的不正常的干擾，可以產生任何幻覺，可以看到不存在的東西，可以聽到根本沒有的聲音，可以坐着不動，有在戰場上肉搏的「真實經歷」，可以照鏡子時，在鏡子中看不到自己……

金美麗的遭遇，自然是一種幻覺。

問題是：她為什麼會產生那樣的幻覺？當她有那種幻覺之際，她看到的應該是在櫃子後面的陳麗雪。為什麼陳麗雪好端端的一個人，會變成一個又深又大的有吸力的黑洞？為什麼把她吸進去之後，她的身體由腳開始全都成了肉碎，只剩下一顆頭，還能清楚看到自己被磨碎了的身子，堆在頭的旁邊？

白素想到這裏，不禁打了一個寒戰，因為那種情景，真的可怕之至，白素本來還想問：「在身體被磨碎的時候，感到痛楚嗎？」可是話到口邊，她沒有勇氣問出口來。

過了好一會，白素才再問：「你，平時很容易有幻覺嗎？不是同樣的，另外不同的幻覺？」

金美麗立時搖頭：「沒有，從來也沒有，當然，我喜歡幻想，可是那不同，幻覺和幻想不同。」

白素再問：「你沒有進入古代……嗯，類似時光倒流的那種經歷或幻覺？」

金美麗俏臉上現出驚訝之極的神情來：「沒有，為什麼要這樣問？」

白素苦笑，因為連她自己也說不上來！

金美麗不但人美麗，而且智慧也極高，在她已完全鎮定下來之後，她反向白素提出問題：「衛夫人，你是怎麼知道我曾有過這種奇異的……幻覺的？」

白素道：「我不知道你曾有過這樣的幻覺，這種幻覺，那麼可怕，想像力再豐富的人都不容易設想，我知道的事情是——」

白素接着，就把陳麗雪看着她進店子，又看到她忽然之間現出驚駭欲絕的經過，告訴金美麗。金美麗聽得呆了半晌，才問：「我知道衛先生和你，對一些怪異莫名的現象有過不少探索的經驗，這件事，究竟是一種什麼現象？」

早在金美麗發出這樣的問題之前，白素已在不斷思索着，所以，她也已有了初步的結論：「可能在一剎那間，有什麼力量影響或干擾了你腦部的活動，所以才會產生了那樣的幻覺。」

金美麗笑了起來，她笑的時候，更俏麗動人，也可以看出，她的性格相當爽朗開放——類似的經歷，如果在一個內向、憂鬱的人身上發生，可能會形成極度的恐懼、沉重的困擾。

而金美麗顯然沒有受多大的影響，除了她在叙述幻覺之際，無可避免地感到恐懼之外。

白素很高興她不受幻覺的困擾，所以和她一起笑着。她也毫不客氣：「這樣的假設，我也作得出來！」

白素攤手：「也有可能，陳麗雪對你有特別的感應，那位陳小姐，是一個聾啞人，她十分奇怪你為何一看到她就那麼害怕，她害怕自己忽然會變成怪物！」

金美麗笑：「可不是嗎？變成了一個又黑又深——」

她說到這裏，突然說不下去，而且也停止了發笑，因為再接下去發生的事，一點也不好笑。

白素問：「你可有興趣，再和陳麗雪見一次面？」

金美麗神情遲疑：「如果一見到她，那種可怕的幻覺會重複一次……那我絕不想見她！」

白素道：「那只不過是許多假設中的一個！」

金美麗搖頭：「就算只有千分之一的可能，我也不願去冒這個險，太可怕，太可怕了！」

白素接着，又說了許多話，想金美麗和陳麗雪見面，可是金美麗堅決不肯。

白素嘆了一聲：「你應該有點好奇心！」

金美麗哀求：「別逼我，實在太可怕了，眼看着自己的身體，一點一點，逐漸變成肉碎！」

白素無法可施，她自然不會逼一個像金美麗那樣可愛的女郎，再去接受一次那樣可怕的「酷刑」，所以她只好起身告辭。

金美麗送她出來，白素邊走邊問：「那天，下大雨那天，其餘發生的事，你不記得了？」

金美麗皺着眉：「就像喝醉了酒再醒過來一樣，一切都是恍恍惚惚的。」

七

白素講完了她在金家的經歷，我不禁跌足：「你應該向金美麗提及陳麗雪在進入古代的時候見過她，她同樣感到極度的恐懼！」

白素搖頭：「她沒有進入古代的經歷，提來又有什麼用處？」

我大聲嘆息：「至少，可以吸引她和陳麗雪會面。」

白素望了我半晌，我又道：「照金美麗的話來看，她腦部活動一定受過干擾，如果干擾的力量來自陳麗雪，那有趣之極——為什麼兩個毫不相干的人，一個會對另一個的腦部活動造成巨大的干擾？所以有必要讓她們相見一次。」

白素緩緩點頭，表示同意。

我忽然之間想到一點，不禁哈哈大笑起來：「我們也真是，何必要金美麗答應和陳麗雪見面？金美麗是社交界紅人，出入的地方，來來去去就是那些，和陳麗雪約好了，在她到的地方去見她就是了！」

白素悶哼了一聲：「你以為我沒有想到？我是怕真的由於陳麗雪，金美麗才會有這樣的幻覺，何必令她再去經歷一次那可怕的幻覺？」

我大搖其頭：「反正是幻覺，又不是真的要她去受一次刑，有什麼關係？」

白素有點怒意（那種情形，罕見之至）：「不行，你沒有看到她那種害怕的樣子，不能那樣做，幸好她是一個十分堅強的女孩子，要不然，只怕整個人都會崩潰！」

我仍不以為然：「那樣嚴重？」

白素語意堅決：「記得在靈媒阿尼密的幫助之下，我們曾有一次和眾多冤魂相見的經歷？那也可以算是幻覺，可是你願意再經歷一次嗎？」

白素說到了一半，我已經機伶伶的打了一個寒戰。那是一次可怕的經歷，雖然實際上也只不過是一場幻覺，是通過靈媒的作用，一大群冤屈而死的靈魂，影響了我腦部活動而產生的幻覺，可是我的膽氣再壯，也決不敢再去經歷一次了。

（那次可怕的經歷，記述在題為《極刑》的那個故事之中。）

白素想來也想起了那次可怕的經歷，她的臉色也有點蒼白：「何況，我們那次可怕的經歷……受罪的還不是我們。金美麗的情形更可怕，她眼睜睜地看着自己的身子成了一堆肉碎，而她只剩下一顆頭！」

我再想了一想，也覺得如果讓金美麗再去經歷一次那種可怕的幻覺，那未免太殘忍了，我苦笑了一下：「金美麗和陳麗雪，雖然一點關係也沒有，但不能保證她們不會偶然相遇。她們第一次見面，就是一次偶然！」

白素嘆了一聲：「那就無法可施了，像劉麗玲和楊立群，由於他們有前世的糾纏，在今世就一定會見面，把前世的糾纏繼續下去！」

我默然，回憶着楊立群和劉麗玲這兩個人的故事——一直看我的故事的朋友，一定還記得這兩個人，楊立群自小就一直做着一個被人毒打、被一個女人殺死的夢，他毅然放棄一切去追尋。《尋夢》的故事，是我的經歷中極詭異的一個。我想到這裏，心中陡地一動，向白素望去，白素在一剎那間，顯然也有了同樣的想法，我和她的目光一接觸，就知道了這一點。她作了一個要我先說的手勢，我道：「會不會陳麗雪和金美麗之間，前生也有什麼糾纏？」

白素回答：「剛才，我確然也想到了這一點，可是我立即否定了！」

我揚了揚眉，白素立時解釋，她的理由十分有趣，倒也是事實：「你，衛斯理，從不重複同樣性質的故事，如果她們兩人之間有前生糾纏，你會一點興趣也沒有，根本不去追索。現在，很明顯，你根本不知道是什麼性質的事件！」

我被她的話逗得笑了起來：「胡說也問過我，哦，還有一點，陳麗雪的父親是陳定威教授。」

白素也感到意外：「那個著名的細菌學家？」

我點頭：「現在，看你如何向陳麗雪交代了，你總不能直截了當告訴她，在金美麗眼中看出來的她是一個又大又黑又深，會把人吸進去，磨成肉碎的洞。」

白素現出十分為難的神色，想了一會，才道：「是不能……這件事，十分複雜，陳麗雪忽然會回到古代，那是什麼意思？」

我攤了攤手：「不知道，我看陳麗雪那裏，你隨便作一個故事，搪塞過去就算了！」

白素咬了咬下唇，嘆：「也只好這樣了！倒是金大富，你準備什麼時候見他？他真的像是有什麼急事要找你。」

我皺起了眉：「嗯……他有什麼事，你幫他一下就可以了！」

白素道：「只怕不行，他對你有信心，說不定在他身上，真的有怪事！」

我苦笑：「有怪事，也最好一樁一樁來，陳麗雪身上有怪事，金美麗也有，總共已經有兩件了！」

白素瞪了我一眼：「這只能算一宗！」

我無可奈何：「好，那就請他明天下午三點鐘來吧！」

八

金大富準時來到，我打開門，第一眼看到的不是他的人，而是他那輛金光奪目的大房車，連他僱用的司機，也穿着金光閃閃的絲料，像是傳說之中，中了魔法變成了金子的人一樣。

金大富向我行十分尊敬的鞠躬禮，他這樣恭敬，令我心中對他的厭惡，去了不少，我請他進內。

金大富進來之後，我問他喝什麼，他要了相當烈的仙人掌汁酒，不像傳統的加鹽喝，而是什麼都不加，一倒就是一大杯。

酒量好的人我見得多，自然不會大驚小怪，我們面對面坐下來，他捧着酒杯，思索着，暫不開口。

嗯，等一下，還是別說我和他會面的情形，先說他在一小時半之後，告辭離去時所發生的事。

這樣敘述法十分怪，是不是？

早已經說過了，這個故事十分奇特，和別的故事有許多不同之處，不說和金大富會面的經過，先說他辭去的情形，就是奇特之處。

當然，這樣做，是由於金大富在離去之際，有事情發生。

金大富告辭去時，神情相當失望，因為他看出我對他所說的事不是很有興趣，而且他的要求，我也沒有答應，只是敷衍了他一下。儘管我的話說得十分婉轉，可是他顯然是十分精明的人，當然看得出來。

而他又一直禮數周到，我送他出去時，他一直倒退着在走，連聲道：「留步！留步！」

老蔡已經把門打開，我看到那輛金色的大房車一直在門口停着——這時，如果有什麼人要走進門，就必須繞過車子。

而這時，正有一個人站在車子的那邊，那個人自然是來找我的，因為我一眼就看出那不是別人，正是陳麗雪，她有點猶豫，像是拿不定主意繞過車頭走，還是繞過車尾。

就在這時候，金大富說了一聲：「衛先生，請你再考慮一下。」

我仍然敷衍着：「好，我會。」

金大富低嘆了一聲，轉過身去。他一轉過身，自然和陳麗雪打了一個照面——兩個人之間，隔着一輛金色的大房車，距離不是很遠，自然互相之間，可以看得十分清楚。

我由於在金大富的身後，所以只能看到陳麗雪的神情，她先是無動於中，那是看到了陌生人之後正常的反應，接着，我看到她變得十分驚訝。

與此同時，我聽到金大富發出了一下淒厲之極的叫聲，像是他一腳踏穿了一具腐屍的肚子一樣。

陳麗雪當然是聽不到那一下叫聲的，但發出那麼可怕叫聲的人，神情一定恐懼之極，這種恐懼的神情，令得陳麗雪由訝異變得十分害怕。

我又看到金大富的身子向前傾了一傾，雙手按在車頂上，身子劇烈地發着抖，他又叫了一聲。

這種情形，雖然只是幾秒鐘之內的事，但是我已經隱約可以知道發生了什麼事了。情形和金美麗和陳麗雪相遇時一樣，金大富在那一剎那間，有了極其可怕的幻覺！

所以我大聲叫：「金先生！」

我想叫停金大富，問他，究竟在一剎那間他有了什麼可怕的幻覺。

可是他像是沒有聽到我的叫聲，剎那之間，他的動作怪異之極，他的頭陡然垂下來，看起來，就像是他的脖子忽然折斷一樣。

當然，他頭急速下垂的結果，是他的前額重重地碰在車頂上。可是他立時抬起頭來，接下來的動作，快速無比，一下子就打開了門，閃身入車，車門還沒有關上，車身就震動了一下，接着，在車門半開的情形下，車子已疾駛而出，在車旁的陳麗雪，慌忙後退，望着疾馳而去的金色大車，神情十分疑惑迷惘。

我沒有叫得住金大富，自然有些氣惱，但金大富是跑不掉的，何況他還有事求我，先把陳麗雪叫過來再說。陳麗雪進來之後，呆呆地坐着，茶來了，她也不喝，只是出神，我用手語問了她好幾次：「是不是那男人見了你，也有駭然欲絕的神情？」

一直問到第七遍，她才點了點頭，隨即又問：「我……為什麼會令他那麼害怕？」

我幾乎就要把金美麗看到而感到害怕的原因說出來，但總算忍了下來——我認為就算要說，還是讓白素告訴她比較好。

我搖了搖頭，表示對這個問題沒有答案。

她忽然長嘆一聲，打開文件夾，取出兩幅鉛筆畫來，放在我的前面，我一看，就嚇了一跳，指着畫像，直瞪着她。

她點了點頭：「我才見過這個人，不過是在古代，我剛才又進入了古代，見到了他，在古代和現代，他見了我都駭然欲絕，為什麼？」

我又看那兩幅畫，第一幅畫中的金大富穿着破爛，手中拿着一根棍子，褲子肥大，畫像生動，連他額上的汗珠也畫了出來。

第二幅畫，金大富神情駭絕，我相信剛才他隔着車子看到陳麗雪的時候，就是那種五官一起移了位，害怕得臉部肌肉扭曲的情形。

陳麗雪又是突然之間進入古代的，甚至不是在午夜，而是在正午。

當時，她正閉着眼，在思索着才看完的一本有關人生哲理的書，突然，她發現自己進入古代。由於已經有過一次經歷，她鎮定得多。

她甚至用力在手臂捏了一下，弄清楚那不是自己的幻覺或者夢境，她那一下捏得很用力，她說到這裏的時候，伸出手背來，手背上還有一小團青色的瘀痕。

那是什麼時代，她說不上來，只知道那是古代。

九

一條相當長的窄巷，巷兩旁，全是高牆，牆頭上，都有着十分精緻的琉璃裝飾——在古代，只有豪門大富，才會在巨宅的圍牆上配上那樣的裝飾。好的琉璃十分名貴，每一塊，燒製上象徵吉祥的圖案，只怕可以抵得上窮人好幾天的食用，而牆頭環繞巨宅，動輒要用一萬多塊！也只有這樣，才能現出豪門巨宅的氣派。

說是窄巷，也是因為兩旁的牆高而形成的錯覺，實際上，巷子可以供四匹馬並馳，至少有十公尺寬。

這時，正有一匹馬，自巷子的一端疾馳過來，馬蹄翻飛，打在青石板鋪出的地面上，極其急驟。而等到這匹奔馬馳到了巷子中心時，馬上的人陡然一勒韁繩，馬上人騎術極精嫻，馬立時就像是釘在地上一樣，一動不動。

（記得，一切仍然只有畫面，沒有聲音。）

馬上是一個劍眉朗目的年輕人，一身的裝束十分華麗，看起來像是軍人的制服，有着金屬片組成的頭盔，在馬鞍旁，掛着一柄連鞘的佩刀，刀鞘上鑲着各種寶石，十分華麗。

那馬，不但神駿，而且一看就可以看出，馬主人曾悉心裝飾過，馬鬃被編成許多小巧的辮子，馬尾上也打了一個圓球形的結，深棕色的毛，油光水滑，那副馬鞍子，也是嵌金鑲銀，可知馬主人的身分，十分尊貴。

馬上的騎士一勒定了馬，身子挺了挺，神情十分焦切，雙手放在口邊，打一個唿哨，聲音嘹亮高吭。

這種「打唿哨」的功夫，許多年青子弟都會，或用來調戲美貌的婦女，或用來表示心中的高興，當十幾個或幾十個子弟一起打起唿哨來的時候，聲勢也十分駭人。

打唿哨的手勢有許多種，有的雙手合攏放在口前，有的是用單手，有的是用雙指，有的要借助一片樹葉，總之，只要將口中急速噴出來的氣體，以高速通過一個狹窄的空間，便能使之發出聲音來。

打唿哨這種年輕人的玩意兒，現在已絕迹了，現代的年輕人，要發出聲音來，吹哨子就行，簡單得多了！

隨着那一下唿哨聲，他一聳身，站到了馬鞍上。坐着還不覺得，一站起來，就感到這馬主人，身形極高大……可是他給人的感覺，卻並不魁梧，只是高，高得英俊，高得瀟灑，高得輕巧，高得——唉，現成的一句成語，最是貼切：玉樹臨風！

他站在馬鞍上，雙手向上伸，可是仍然夠不到牆頭，大約還差五十公分，他抬頭向上，神情更焦切，然後，又一聳身，身子向上拔起，一下子就抓住了牆頭，一用勁，身子向上升起，已經坐到了牆頭上，他把右腳跨過了牆，身子下俯，上半身完全陷沒在牆後。

看他的情形，他像是正在撈摸着什麼，過不一會，他的身子漸漸挺直，果然，被他拉了一件東西上來——不，給他拉上來的，是一個人，那個人的雙手，和他的手緊緊握在一起。

那是截然不同的兩雙手，騎士的手又大又有力，看來強壯穩定，而和他十指交叉互握着的那雙手，瑩白如玉，纖秀細弱，皓腕賽雪，由於是手向上被拉上來的，所以衣袖褪下了一小半，露出了玉雕也似的一截小臂，襯着兩隻玉鐲子，更是動人之至。

那自然是一雙女人的手，可是，一直到那女人被拉上了牆頭，還是看不清她的面容，因為她穿着一件有頭罩的「一口鐘」（一種寬大的披風，人一披上，看起來像鐘，所以才有這樣的名稱）。

那件「一口鐘」深紫色，頭罩罩得很嚴，只開着兩個洞，可以看到一雙黑白分明的大眼睛，這時，眼睛之中，大有驚惶的神色。

那騎士把女郎拉上了牆頭之後，扶着女郎的腰，令她坐在牆頭上，再令她的雙腳，移到了牆外，然後他一聳身，穩穩地落到了馬鞍上，雙手伸向上，示意那女郎向下跳來。

女郎似乎有點膽怯，猶豫了一下，騎士拍了拍自己的心口，再伸直手臂，女郎身子向下落來，騎士手一圈，將她抱個正着。

雖然那駿馬站着，一動不動，但要站穩在馬鞍上也並不是容易的事，再加上伸手抱住了一個自牆上跳下的人，連身子也不晃動一下，下椿拿得極穩，可知在武學上有相當的根柢，如果真是武將，那麼，鎮邊殺敵，很可以成為國家的棟樑，然而，這時他的行為，未免有點怪異——他在高牆之後，把一個女郎弄了出來，這是什麼行為？

他輕輕把女郎放在馬鞍的前面，他自己就坐在女郎的後面，雙手牽韁的同時，自然而然，也圍住了那女郎的身子。

然後，他雙腳略挾，一抖韁繩，駿馬四蹄翻飛，以快得驚人的速度，竄出了巷子。

這一切，只不過三分鐘左右，那騎士的身手，矯健靈敏，每一個動作，都看得人賞心悅目之至，那女郎雖然全身都包在那件深紫色的「一口鐘」之內，可是也可以看得出她的柔軟纖小，那種柔若無骨的動作，也叫人看了，悠然神往，印象深刻。

（在陳麗雪的敘述過程中，我盡量使自己少打斷她的話頭，可是聽到這段，我忍不住問了一句：「那時，你在什麼地方？」）

（陳麗雪回答是：「我在另一堵高牆的後面，探頭出高牆，可以十分清楚地看到巷子中的情形。」）

（我又是好奇，又是大惑不解：「那牆，至少超過三公尺高，你怎麼能攀得上去？」）

（陳麗雪神情惘然：「不知道，我一進入古代，就在這種情形之下，由於我專注巷子中發生的事，所以並沒有留意到我如何存在的，好像是……好像是踏在一根橫生的樹枝上，身子還有點搖晃的感覺。」）

（我作了一個請她繼續說下去的手勢。）

駿馬負着兩個人，一下子就竄出了巷子，也就在這時，巷口人影一閃，又多了一個人。

那人穿着破爛，手中拿着一根棍子，腳上趿上一雙破鞋，一臉的憊頓相，一看就知道是一個地痞惡棍，下三濫的腳色。

這時，他的眼睛睜得極大，顯然他早已藏身巷口，自然也看到了剛才巷子中發生的一切。

他出現之後，略停了一停，向前急奔了幾步，揮動着手中的棍子——那棍子半截紅色，半截黑色，兩種顏色的漆都已剝落。

這樣的棍子有一個專門名詞：水火棍。通常都是衙役、捕快這種身分的人使用，別的人要用，當然也可以。

這個人奔出了十來步之後，又停了步，眼珠骨碌碌亂轉，孔子說過，人的心術正，眸子就正，看這人的神情，一望而知其人的心術不正，至於極點，不知道在動什麼樣的壞腦筋。

而且，他所動的壞腦筋，一定很快就有了結果，他現出十分洋洋自得的神情，一手執着棍子，在另一隻手的手心上輕輕敲着，然後，仰天大笑起來，趿着鞋，身子搖搖擺擺，不住用棍子敲打着高牆，走出了巷子。

十

聽過陳麗雪的敘述後，我便問她：「這個後來出現，手中拿着棍子的人，就是金大富？」

這樣問了之後，又覺得不對，所以又立即改成這樣問：「那個拿棍子的人，樣貌和金大富一樣？」

陳麗雪的回答卻是：「他就是金大富。」

我表示疑惑：「在那一節發生的事中，你好像並沒有和他打照面——」我指着那張金大富駭然的畫：「他怎麼會害怕？」

陳麗雪苦笑：「後來又發現了一些事，我才和他打了照面的。」

我沒有再問，等陳麗雪說後來又發生的一些事。可是陳麗雪卻這樣說：「當時，我不知為了什麼，總覺得這騎馬走了的一男一女會十分危險，或許是由於他們的秘密行動，叫一個顯然不是好東西的人發現了！我十分擔心他們的安危。」

我嘆了一聲：「陳小姐，在現實之中，你只是一個普通人，在進入了古代之後，你以為自己是什麼，怎麼會替古人擔憂起來？」

陳麗雪搖頭，神情更是惘然：「我在進入古代之後，連自己的樣子也不知道，怎知道自己的身分？可是我總感到，如果有什麼事發生的話，我應該阻止，應該使這一雙男女避免有危險。我像是感到，我……主宰和掌握了一種力量，要那樣做。」

她愈說愈玄了，我本來是想她多說一點進入古代之後的具體事項的，像這種不着邊際的感覺，我可不想聽。

（白素在這時候自外面進來，恰好聽到了陳麗雪的最後那段話。）

（後來，才知道我認為不着邊際的感覺，十分重要，是整個神秘莫測的故事的主要關鍵！）

我當時有點不耐煩，一面向白素點頭，一面對陳麗雪表示了對「這不着邊際的感覺」的反感。

陳麗雪猶豫了一下，也沒有再就這方面發揮下去。她繼續說的是：「我十分擔心會有厄運降臨在那一雙男女的身上。」

我同意：「你的擔心有理，看來，這一雙男女在進行的事，絕不光明正大。那騎士極可能是一名貴族子弟，他的行為，是拐逃一個女子，或是引誘一個女子私奔，或是和一個女子幽會，這種行為，在古代，不但通不過國法這一關，也一定通不過人情這一關。」

白素才進來，自然不知道陳麗雪的叙述，可是單憑我的這一段話，她也可以推測得出幾分實際情形來，而且，她對我的話，持相反的意見：「也不見得，古代的禮教雖然嚴，可是愛情還是一直被人歌頌，紅拂夜奔，文君琴挑，就千古傳誦。」

我笑了一下：「反倒是愈古愈好，漢、唐，男女間就有許多風流韻事，宋以後，僵住了！」

為了使陳麗雪也明白，我和白素的交談，也使用手語和文字。

陳麗雪加入了談話：「接下來發生的事，只使我想起兩句詩」。我和白素一起向她望去，她用清麗的字迹寫出了那兩句詩：「還君明珠雙淚垂，恨不相逢未嫁時。」

我和白素都愕然——白素的愕然更甚，因為我至少還知道在那巷子中發生的事，那倒確然有點像偷情的行為，唐朝詩人張籍的名句，也很可以用得上。我作了一個手勢，用最簡單的語言，向白素先敘述了一下金大富見了陳麗雪如見鬼怪的情形以及陳麗雪所說的在巷子中發生的事。

白素一面聽着，一面盯着那兩幅畫像看，等我說完之後，她才道：「如果令你想起張籍的詩，那麼，事情發生在唐朝？」

陳麗雪搖頭：「我不能肯定。」

白素皺着眉：「事情愈來愈複雜了，金大富如果曾在唐朝出現過，我的意思是，他曾在唐朝生活過，是一個人，現在，又是一個人，在唐朝到現在這許多年，他是什麼？是生命的存在，還是靈魂的存在？」

我想了一想：「一般的認識是人死了之後，如果有再轉世的行為，總是在死後立刻發生的。其實，真正的轉世情形，可能有許多種，有的立即轉世，有的可能相隔很久——離開了軀殼之後的靈魂，應該沒有時間觀念，一秒鐘和一千年，全是一樣的。」

白素又皺着眉想了一會：「只好這樣設想了，還有，前生和來生，容貌竟然會一模一樣，這也不可思議之至，好像在陳小姐的經歷之前，從來也沒有這樣的例子？」

我和白素，自從「尋夢」這件事之後，接觸到了許多靈魂、轉世以及相類似的事，都超越人類現代的實用科學所能接觸的範圍，神秘莫測，無法深入研究，只能作出種種的假設。

在各種各樣的資料之中，確然沒有兩世人容貌一樣的記載。

我點了點頭：「是，陳小姐的經歷，是十分罕有的例子，是玄學研究的上好課題。」

陳麗雪有點發急：「請別把事情想得太遠，我只想知道，為什麼會有人看到了我那麼害怕，當人家看到我害怕的時候，我是什麼樣子？」

這個問題，本來很難回答，但是有了剛才在我門口，金大富和陳麗雪隔着車子相望的那一幕之後，問題並不是很難回答。

我在作手語時，動作的幅度比平時大——這和說話時加重語氣和提高聲音有同樣的作用：「你還是你，就和平時一樣！當金大富看到你而駭然欲絕的時候，我也看到你，絕對可以肯定，你是一個漂亮的女郎，而不是什麼叫人害怕的怪物！」

我的回答，十分肯定，而且，確然在金大富感到害怕時，我一點也沒有害怕表示。如果那時她是一個怪物的話，我也會害怕。陳麗雪長長地吁了一口氣，如釋重負：「謝天謝地！可是……為什麼金大富，還有那美麗的女人見了我會害怕？」

白素聽得陳麗雪這樣說，知道我還沒有把那美麗的女人就是金大富的女兒一事告訴陳麗雪，她同意地點了點頭。

也在一刹那間，我知道她和我想到了同一件事：金大富和金美麗是父女，父女關係至親，他們父女兩人看到了陳麗雪害怕，原因只怕是一樣的，只是不知道金大富在忽然之間有了什麼幻覺而已。

我十分小心地回答：「或許他們有一些虧心的行為，和一個外形很像你的人有關，所以見了你才會害怕。曾經有一個故事，說一個富豪在午夜時分坐着司機駕駛的車子，由於塞車，他向車窗外看了一下，在他車子旁邊的是一輛破車子，駕駛人轉過頭來，認出他是大富豪，向他笑了一下，竟把那大富豪嚇死了！」

陳麗雪愕然：「為什麼？」

我吸了一口氣：「後來才知道，那個駕車人的樣子和富豪的岳父一樣，而他的岳父，死於他的謀奪財產，被他放火燒死在車中。人，做了虧心事，就會心虛，別人若是見了那個駕車人，什麼事也不會發生，那大富豪做過傷天害理的壞事，就會被嚇死！」

陳麗雪聽得很用心，她道：「這叫作——」她想說的，顯然不能用手語來表達了，所以她拿起筆來。在同時，我和白素也各自拿起筆來，三個人在紙上寫着，寫好了之後，不禁都笑起來。

我們三個人寫的字是一樣的，都是：「報應」。

大富豪猝然之間見了一個酷肖被他害死了的岳父的人，就嚇死了，死於他早年的傷天害理的行為，這自然是報應。

「好有好報，惡有惡報！若有未報，時辰未到！」

以上四句話，是有關報應的傳統說法，許多壞事做盡的人，都未遭報應，於是，有人懷疑是不是真有報應這回事，也就有大具哲理的「時辰未到」的說法。報應是一定要來的，做過壞事的人，自己心中也十分明白必有報應，只是不知道報應在什麼時候發生而已。

在這樣的情形下，報應來得遲，似乎比報應來得快更可怕，因為日復一日，年復一年，提心吊膽，在等着報應的來到，幹過傷天害理壞事的人，心中那份惴惴不安和恐懼，自然是報應正式降臨之前的額外懲罰。

陳麗雪在確信自己不是怪物之後，顯得活潑了許多，問題也極多：「金大富……確然做了壞事，我很可以肯定，可是他為什麼看到我害怕？他應該看到那個美麗婦人害怕才是。」

我和白素再度愕然：「哪一個美婦人？」

陳麗雪道：「就是被那年輕武將帶走的、披着深紫色披風的那個……後來，我又見到他和她和金大富。我正十分擔心他們的安危之時，忽然之間，我離開了牆頭，到了一株的大樹下面。那株樹樹幹粗大，足可兩人合抱，樹葉卻十分小，而且不斷有一種圓形的扁平的果實，旋轉着落下來，十分奇特。」

我「哦」地一聲：「那是榆樹，落下來的那種果實，叫作『榆錢』。」

十一

大榆樹覆蓋極廣，在地上形成了一大片陰影，在離大榆樹不遠處，是一株聳天的古柏，和一株極大的銀杏樹。樹與樹之間是綠草地，在空地上有不少名人石獅，看來，這裏是一個相當巨大的陵墓園地的一角。

那匹馬在草地上踱着，啃着青草，不時仰起頭來，抖動着長長的脖子。

在那株銀杏樹下，面對面站着兩個人，一個，就是駿馬上的騎士，另一個，則是那穿着「一口鐘」的女人，這時，頭罩已除下，垂在背後，她有着如雲如霧一樣細而柔的髮，臉色蒼白，一雙大眼睛，眼波流轉之際，瑩然欲淚，神情十分淒楚。

年輕騎士雙手按在她的肩上，用灼熱的目光盯着那美麗的女人，又輕輕搖着她的身子，像是要她決定一些事。

美麗的女人不知是不敢還是不想接觸他的眼光，先是略偏過頭去，咬了咬下唇，接着，又轉回頭來，可是緩緩地垂下頭，她雙手本來一直把弄披風上的帶子，在手指上繞着，繞緊了又鬆開，可見她的心中有極其為難無法解決的事。

然後，她雪白的牙齒，咬得下唇更緊，幾乎要滲出血來了。年輕的武將又愛又憐又焦急地看着她，想伸手去抬起她的下顎。

而她在那時，解開了一口鐘的襟，裏面是鮮紅色的衣裙，腰際繫着飾物，其中有一隻錦袋。她伸手解下了錦袋，他像是預知會有可怕的事一樣，連連後退，雙手亂搖。

她則緩緩打開了袋口。

她打開了袋口之後，自袋中傾出了兩顆極大的、色澤晶瑩明亮、美麗華貴的珍珠。那兩顆珍珠在她纖細的手掌心，幾乎佔據了她整個手掌。

她握着珍珠的手，向他伸過去，他連連後退，額上和頸側，都有青筋現出。她目光幽怨，長嘆一聲，手掌傾側，掌心中那兩顆珍珠，也就落到了草地上。

她緩緩垂下手，緩緩轉過身，緩緩戴上頭罩，緩緩向前走去，她的動作，一切都是那麼緩慢，在緩慢之中，帶出了一股極度的無可奈何之情。

這時，她的眼神，惘然之極，不知望向何處，或許是望向不可知的未來，所以才會有那樣根本沒有任何焦點的眼光！

騎士木然而立，直到她走出了十來步，才見他張大了口。（當然是在叫喊着什麼，可是回到了古代的陳麗雪，是帶着她的生理缺陷一起回去的，所以她仍然是什麼聲音也聽不到。）

接着，他就向前奔，奔到了她的身前，轉過身來，她仍然在向前走，所以他也一直在後退，他的神態反倒不那麼激動，只是盯着她看，雙眼之中所顯露出來的那種目光，陳麗雪曾這樣補充了一句：「若是有男人用這樣的目光望我三分鐘，我會投降，為他做任何事！」

陳麗雪絕不是一個輕佻的人，連她都那樣說，可知當時的騎士的目光是何等灼熱和充滿了激情！

那美婦人一直低着頭，垂着眼，不和他的目光接觸，兩人用這樣的方式走着，又來到了那匹駿馬旁邊。

騎士看來像是已絕望了，他在上馬之前，先伸手在鞍邊那柄佩刀的刀柄上，輕輕撫摸了一下，再縱身上馬，在馬上，側身，向那美婦人伸出手來。

美婦人也伸手向上，被他拉着，拉上了馬背，仍然和來的時候同樣的姿勢，駿馬四蹄翻飛，又疾馳而出！

十二

我和白素互望了一眼，陳麗雪剛才說了一個十分淒婉的愛情故事——或者只是一個愛情故事中一個片段。我們對於這一男一女的來龍去脈，一無所知，也完全無從追究查考。可是在陳麗雪叙述的無聲畫面中，都可以充分感到這一男一女在愛情上的困擾和痛苦。

陳麗雪的叙述本來相當高明，並不因為她不會使用語言而遜色，自然，主要的原因，也在於一切經歷，她都是回到古代「親眼目睹」之故。

我問陳麗雪：「在這一節中，你並沒有見到金大富？」

陳麗雪點頭：「再接下去，我就見到他。」

我作了一個請她繼續說下去的手勢，她反問：「我看到的那一男一女，是什麼關係！」

我的回答是：「自然是愛侶，不過，關係可能不正常，你想到了張籍的詩句，十分合理，那個美婦人，大有可能是有夫之婦。」

陳麗雪現出十分同情的神色，過了半晌才又說：「那青年騎士得不到她的愛情，可能會自殺！」

白素搖頭：「不會的，那時代的人，在激情之中，都帶着豪爽之氣，就算他對人生再也不感到興趣，他也不會自盡，一定會到邊關去，衝鋒陷陣，殺敵爭勝，在千里沙場，刀光血影之中，發泄他的痛苦！」

陳麗雪現出悠然神往的神情，雙手緊握着拳：「可惜我沒能看到他馳騁沙場、英勇殺敵的情形！」

我不禁笑：「很難說，或許你看到他失戀之後，是日夜大醉，一身酒氣，臭不可聞！」

白素也笑：「你真會煞風景。」

我哈哈大笑：「古今中外，世上的事，窩囊的多，哪有那麼多美好的！」

白素望了陳麗雪一眼：「陳小姐，當你回到古代的時候，你好像不單是一個旁觀者，而且還有參與其事的感覺？」

陳麗雪皺着眉，顯然白素的問題不容易回答，好一會，她才作答：「很難說——」

她又向我看了一眼，因為我曾説過她的那種感覺「不着邊際」，我即示意她只管發表自己的意見，她又遲疑了一下：「不能説是參與，也不是完全是旁觀者，我只覺得我對我見到的情形，有一種……需要負責任的感覺……真的很難説！」

她説的話，仍然是沒有邊際，我揮了一下手：「後來又是在什麼情形下見到金大富的？」

我在這樣問了之後，又作了一個補充：「為了説話方便，我把古代的那個人叫作金大富。」

白素和陳麗雪都沒有異議，陳麗雪神情十分難過地搖了搖頭：「應該是當天的傍晚時分——」

十三

傍晚時分，殘陽如血，仍是那個兩面全是高牆的巷子，天色其實還不是十分黑，可是巷子中出奇地陰暗，這自然是由於兩面全是高牆，擋住了光線之故。

陳麗雪覺得自己，忽然越過了一堵高牆——就是那騎士把美婦人拉出來的那一堵。牆內是一個極大的花園，亭台樓閣，小橋流水，佈置在典雅之中，透着華麗，所以，站在一株柳樹下的那個人，就和這種高雅的環境十分不相襯。

那人，就是拖着水火棍的金大富，這時，他正用手中的棍子，有一下沒一下地打着柔軟的、下垂的柳枝，而眼光不時向着一條鋪着鵝卵石的小徑望去，那小徑曲曲折折，通向前面，竹和各種柳樹將之隱沒，看不到盡頭。

金大富的神情有點焦急，也有點緊張，不停地搖頭晃腦，忽然，他現出高興的神情，向小徑走去，走了幾步就停下，這時，已看到那美婦人，仍然披着那一口鐘，分花拂柳，急急走了過來。在晚霞的照映之下，她的臉色非但沒有被映得現出紅暈，反倒更顯得蒼白無比，她來到了金大富的面前，把一個小小的包袱，拋向金大富。

金大富人雖然猥瑣，可是動作十分瀟灑俐落，他伸出棍子來，一下搭上包袱，棍子一轉，那包袱像是貼在棍梢上一樣，也跟着轉了一轉，這是棍法上的一個「粘」字訣，可見他至少在棍法上有相當的造詣。

接着，他手中的棍一挑，包袱也就揚了起來，他一伸手，接在手中，掂了掂，向那滿面驚愕的美婦人說了一句話。

（陳麗雪在說到這裏的時候，頓了一頓：「我知道他在說什麼，因為他說得很慢，而我懂唇語，他說的是：多謝了，再來討擾」！）

（我和白素齊聲叫：「卑鄙，他勒索！」）

（陳麗雪同意：「毫無疑問，他勒索！」）

金大富一個轉身，急急走向牆，手腳十分俐落，先攀上了樹，接着就翻牆出去，只剩下那美婦人怔怔地站在暮色之中。

天色黑得很快，在黑暗之中，那美婦人的臉色更是蒼白得異樣之至，彷彿黑暗之中，只有那張蒼白的臉，其他的一切都不再存在。

陳麗雪在那時候，離開了花園，她沒有和那美婦人打照面，而是一下子就來到了巷子口，她感到自己堵住了巷口，而金大富那時，正低着頭向前走來，一面走，一面把手中的小包袱繫在腰帶上，所以全未發現面前有人。

等到他繫好了包袱，抬起頭來時，與陳麗雪只有兩步的距離了！

我們若是忽然之間抬起頭來，看到近距離有人，自然不免驚愕，金大富在那一剎那確然是錯愕，可是隨即，他的神情，變得駭然欲絕，一個人，若不是突然之間看到了可怕之極的情景，斷然不會現出那麼驚怖的神情！

因陳麗雪已經有過類似的經歷，所以她並不驚愕，她苦於不能說話，所以做了一個手勢，在問：「你為什麼如此害怕？」

可是金大富的驚怖，像是固定了，凝結了，他像是泥塑木雕一樣，一動不動。

就在陳麗雪想進一步再和他溝通之際，她又突然間離開了古代，回到了現代。她第一件事就是把金大富的樣子畫下來，然後就來找我。

完全可以想像，當她在我門口，隔着那輛金光燦然的車子，看到了現代金大富之後的驚詫。

再加上金大富一看到了她，立時又現出同樣驚怖的神情，那更令得陳麗雪的驚疑，至於極點！

十四

陳麗雪又一次回到古代的經歷，敘述完了。

我和白素相顧愕然，因為我們仍然不明白發生的事是什麼性質。

陳麗雪一看到我們的樣子，就大有失望之色，白素安慰她：「世上不是每一件事都有答案的！」

陳麗雪苦笑：「要是我老是回到古代去，身歷其境，參與一些莫名其妙的事，而又在現實生活之中，見到他們，這……對我的生活……是一種極度的困擾！」

陳麗雪的苦惱，十分特別，也可以理解。如果她只是不受控制地進入古代，看到許多莫名其妙的事，倒也罷了，偏偏她在古代見到的人，在現實生活中也會出現，而且，見了她之後，一樣感到極度的驚恐。雖然我力證她那時不是變成了怪物，可是老是有這種事，畢竟不是十分愉快的。

我和白素互望了一眼，在剎那之間，我們已交換了意見：把金美麗看到她之後感到害怕的原因告訴她！我判斷是金美麗在剎那之間有了幻覺，並不是陳麗雪的外形有了什麼可怕的變化，那就沒有必要再瞞着她，説明白了，反倒可以減輕她心理上的負擔。

陳麗雪已經看出我們有話要對她説，她睜大了眼睛，望着我們，由於和金美麗交談的是白素，所以就由白素把金美麗的幻境説出來。

陳麗雪十分專注，幾乎連眼都不眨，神情極其凝重，等到白素説完，她才提出了疑問：「當時，她在店中停留的時間——她看到了我之後，現出害怕的神情，不過是幾秒鐘的時間，就經歷了那麼多的事？」

白素微笑：「在幻覺中的人，時間的感覺和普通人腦部進行正常活動時，大不相同，能在極短的時間之中感受到許多事，古人早已有過記載，黃粱一夢，一個人可以經歷一生的榮辱興衰了！」

陳麗雪忽然又道：「真怪，我沒有在古代看到她做什麼壞事，何以她會遭這樣的悲慘的報應？」我和白素陡然震動——陳麗雪在這樣說的時候，十分認真，而且真的有懷疑和可惜的神情。一時之間，我們都不明白她何以會這樣說。

在明了金美麗的敘述之後，我們所想到的是：那是她的幻覺，當然，也可以聯想到她的這種幻覺，十分悲慘，可是絕聯想不到「報應」上去。

為什麼陳麗雪一下子，就自然而然，想到了報應這件事上去？

我和白素齊聲問：「你為什麼會這樣說？報應？何以你認為她的幻覺，是一種報應？」

陳麗雪的話，更出乎我們的意料：「不是幻覺，是真的！她必然會受到這種悲慘的報應，先讓她知道她會有這樣的報應，然後，報應會真正降臨！」

從第一次見到陳麗雪起，我一直對她的印象十分好，不單是她外形清麗，談吐得體，而且也由於她有極高的繪畫才能。

可是這時，她這幾句話令我感到相當程度的反感，我的神情，當然表示了不滿，所以，她也應該可以知道我的話，有着諷刺性：「哦，一定會真的有這樣的報應？牛頭馬面會來抓她？由黑白無常監刑？在什麼地方執行？地獄的哪一層？」

陳麗雪不是立刻就有反應，只是定定地望着我，我也盯着她，在那大約一分鐘的時間之內，我發現她的眼神十分異特，她絕不是故意裝出來的，可是有着一股居高臨下的味道，像是我是一個一無所知的人，而她所知極多，卻又無法向我解釋，或是向我解釋了，我也不會明白。

這種眼光，令人覺得相當不舒服，我剛想再說什麼，她已經有了答案，表示：「我不是很詳細知道，可是，報應……總是有的，不是嗎？」

我用力一揮手：「有報應這回事，和金美麗會遭到真實的，這樣的報應，是全然不同的兩回事。你剛才這樣説，十分可怕，很難設想一個人的身體被壓成了肉碎，還要他自己的頭部保持清醒，看着這種可怕的情形進行！」

我這一番話，有着責備的意味，那是誰都可以聽得出來的。

可是陳麗雪還是毫不客氣地那樣盯着我：「是很可怕，所有的惡報，都極可怕，像她在幻覺中的那種情形，如果報應真的來臨，還應該有身體被壓碎的極度的痛楚，她完整的頭部，可以感到每一絲每一毫的刺痛，她會號叫，會嘶喊——」

我和白素，同時打斷了她的話頭——要打斷一個使用手語的人繼續説話，自然只有抓住她的手，我和白素就是一邊一個，抓住了她的手，使她不能再表示自己的意見，然後，一邊用嚴厲的目光責備她——很少在白素的眼中看到過那麼嚴厲的目光，自然是因為陳麗雪剛才所説的話太冷酷無情了，像是真有這種可怕的情形時，她可以無動於中地冷眼旁觀一樣。

我和白素都覺得像陳麗雪那樣的女郎，不應該有那樣冷酷無情的態度。在抓住了她的手的時候，我心中還曾閃過一絲念頭！會不會是聾啞人的心理，有一種常人沒有的冷靜，使得普通人覺得過於冷酷？

這一點，自然要請教對聾啞人心理有研究的專家才行。

陳麗雪在一被我們扼住雙手之際，我可以明顯地感到她相當有力地掙扎了一下，顯然她還想繼續發表她對於慘報降臨在金美麗身上的意見，同時，她的眼神，也表現出了極明顯的抗拒和反感。

可是，一下子，她的神態便完全改變了，她變得十分惶惑，眼神中也充滿了疑問，望着她自己被捉住的手，一副不知所措的樣子，前後，簡直完全成了兩個人！

我和白素剛才還想要責備她那樣說得太過分，這時卻立時鬆開了手。陳麗雪遲疑了一下，才再開始打手語發問：「是不是……我剛才……說了一些不應該說的話？」

我叫了出來：「別告訴我你不記得剛才說過些什麼可怕的話。」

我還想說什麼，白素已經搶着道：「沒有什麼，你剛才並沒有說什麼。」

陳麗雪哀求似地望着白素：「若是我真的曾說什麼話，請告訴我，我……實在十分紊亂，有時，我覺得我不再是我……一種很怪異的感覺，我真怕我忽然不見了，變成了那……不知是什麼！」

她第一次來的時候，我已經聽她說過這種恐懼，那時，只當是她的一種想像，這時，再聽得她那樣說，我不禁感到了一股寒意，因為她把她的感覺說得十分實在，叫人感到，正有一股無名的力量，要使她不再是她，而變成另一樣東西——甚至真有可能，是金美麗所說的那隻「巨大的碎肉機」！

白素十分認真的問：「你真的不知道剛才自己說了些什麼話？」

陳麗雪回答：「我知道自己說了一些話，可是不知道是什麼話。那些話……不是我想說的，是……不知什麼原因，才會說出來的！」

白素一揚眉，急速地用手語，把陳麗雪剛才用手語表達的那番話，一字不差地做了出來。陳麗雪臉色變白：「太可怕了，我怎麼會那麼說？報應？金美麗會受那麼可怕的報應？」

白素道：「全是你說的！事實上不可能有這樣的事發生，沒有人可以身子被磨碎之後，還可以清醒地看着自己破碎的身子。」

就在這時，在陳麗雪的臉上，有極其古怪的神情一閃而過，我無法猜測她為什麼有這種古怪的神情，因為她立時轉過了身去，背對着我們。

從她背部微顫的情形看來，她在那一剎那間，像是為了一件事在猶豫，然後，她忽然半俯下身，在一張紙上揮筆疾書，寫下了不少字，卻又不把寫好的字向我們展示，而是將紙張對折，再對折，折成了一小塊，放進了她上衣的一個袋之中。

在這樣的情形之下，我們當然無法知道她寫下了些什麼字句，也不便追問，因為我們都覺得陳麗雪的行為十分怪異，她不但不能控制地會突然回到古代去，而且會有不能控制的，間歇性的性格上的突變，像剛才說了一番那麼冷酷無情的話，忽然之間，又全然不知道自己說了些什麼，都怪異莫名。

陳麗雪在轉回身來之後，提出了一個要求：「請去問問金大富，我和他打照面的那片刻，他有了什麼樣的幻覺？」

我點頭：「我會問他的。」

白素看出她想離去：「陳小姐，如果你又有回到古代的情形，請隨時和我們聯絡。」

陳麗雪的態度竟不是很熱心，這不禁令我有點氣惱，所以，當她走了之後不久，胡說又找上門來時，我沒好氣地道：「你那位貴親，好像對我們未能解釋她的遭遇感到非常不滿，我看她多半不會再來找我了！」

當胡說忙道：「不會的，她的經歷那麼怪，哪能希望一下子就有結果！」

我遲疑了一下：「她的健康……嗯，她的精神狀態，一直沒有問題？」

胡說不明所以地望着我時，我補充道：「她可能患有精神分裂症，至少有那種傾向，她可以在剎那間，表現兩種不同的性格！」

胡説苦笑：「不會吧，或許生理上的缺陷，使她變得怪一點，她最初向我説到她的經歷時，我根本不相信，可是現在證明她説的是事實，金美麗和金大富兩人，確然看到她就害怕！」

我悶哼了一聲——和陳麗雪打手語、作筆談久了，有一種難以宣泄的悶氣，這時可以用言語交談，自然十分痛快。我把陳麗雪有關報應的論點告訴了胡説。

胡説皺起了眉：「就算金大富、金美麗真的會有過什麼惡行，要遭到惡報，和陳麗雪有什麼關係？為什麼見到了她會害怕？又為什麼見到了她，就會有那麼可怕的幻象？」

我大力鼓掌：「問得好，請同時附上答案！」

胡説苦笑了一下，坐了下來，發了半晌呆，我不去理會他，自顧自呷着酒，他忽然叫了我一聲：「衛先生！」

我們由於極熟，平時在説話時，很少稱呼對方，他忽然叫了我一聲，倒使我有意外之感，立時向他望去，只見他神色相當凝重：「如果真有報應，那麼，是由誰在主持？運用什麼力量進行？誰在記錄人的惡行和善行？又根據什麼來決定報應來臨的時間？」

他一口氣問了好幾個問題，我正想再度請他「自備答案」時，白素正好在這時走了進來，接口回答：「有很多種説法，佛教故事中的十八層地獄，是由誰在主宰？他們就負責把惡報施給曾有惡行的人！」

我對白素忽然有這樣的説法，大表訝異，立時向她望去，只見她手中拈着一張被折成了小方塊的紙——那是陳麗雪不久之前，寫下了一些字，又折好的那張，白素把那張紙遞給了我。

同時，白素解釋着紙的來源：「陳麗雪把它留在門縫中，我想是故意留下來的。」

我已極快地打開折紙來，上面的字迹，毫無疑問是陳麗雪的，她寫的是：

「地獄裏的刑罰最普通的是上刀山下油鍋，若是身受其罰的人感不到絕頂的痛楚，刑罰報應還有什麼意義？刑罰報應反複進行，受刑者一定保持清醒，目的是要他們感到那種痛楚——他們過去曾在某種情形之下，把同樣的痛楚加於他人身上，所以才有這樣的報應。」

我的視線停在紙上，一時之間，移不開來。報應之說，由來已久，但是把報應說得那麼斬釘截鐵，那樣確實肯定的，我還是第一次碰到。

一直只是傳說中才發生的事，只有在警世醒世喻世小說中才出現的事，忽然之間，實實在在，這樣血淋淋地擺在面前，這確然令人十分震撼！我在呆了片刻之後，把紙遞給了胡說，胡說看了之後，顯然也受到同樣的震動。

三個人沉默了片刻，白素才道：「想想當時的情形，陳小姐為什麼不把她寫下來的意見立即給我們看？」

我早已把當時的情形想了一遍：「當時她的言行都很怪，她慷慨激昂地就報應問題發表了一些意見之後，忽然又像是全然不知道她說過些什麼。」

白素蹙着眉：「是很怪，當時我們都對她所說的話，十分不以為然，為什麼？」

我遲疑了一下：「可能是我們的潛意識中，根本不是很相信有報應這回事，也可能覺得……若是有一種力量在掌握着報應的力量，雖說善有善報，惡有惡報，十分公平，但那等於是那種力量控制了全部人的全部命運，這是很可怕的事，所以我們不願接受。」

白素有點無可奈何地笑：「這種力量，在中國的說法，早已有之，叫『天道』，天道好還，天道是施報的主宰力量。」

我沉吟了片刻：「金美麗外形美麗，又性格爽朗，我們不知道她曾種過什麼惡因，只知道她有可能遭惡報，當然會起反感。」

白素略抬起了頭：「陳麗雪看穿了我們這種心態，所以才把她的意見留下來，不想和我們正面爭執。」

我緩緩點頭：「有可能，也有可能，她在當時感到十分紊亂，連她自己也不能肯定所想的是對的——她那時的情形，很有精神分裂的症狀，你覺得嗎？」

白素沒有立時回答，只是在思索着。胡說這時也已經了解了事情的來龍去脈，加入了我們的討論：「我去問她，就可以知道了。」

白素表示同意：「對，她和我們畢竟不是很熟，你去見她，最主要的，是要她確切一點地說明，當她回到古代的時候，她究竟是一種什麼樣的存在，擔任着什麼角色？」

胡說有點發怔，像是不知道白素要他那麼問是什麼意思。

白素低嘆了一聲：「我感到她有些事瞞着我們，當她在敘述回到古代的情形時，好像她置身事外，像是一齣古裝戲的觀眾，可是我感到事情不那麼簡單，她一定很清楚她當時的行為動機，只不過她不肯說！」

胡說呆了片刻：「如果是這樣，那太可惡了，是她自己千求萬求要見你們的，若不是這樣，我怎會把她介紹給衛先生？她倒有事情瞞了不說！」

白素看到胡說現出了不常見的激動，漲紅了臉，像是被人欺騙了一樣，她作了一個手勢：「只是我的感覺，並沒有確鑿的證據。」

我支持白素的看法：「我也有同樣的感覺。」

胡說低頭想了一會：「我這就去看她。」

他說着，匆匆走了出去，一面在用力捽着手，以表示他心中的不滿。

我和白素互望着，都知道這時我們所想的是同一件事，可是我們也都沒有法子將所想到的化為語言講出來，因為我們想到的，還只是一個模模糊糊的概念，一點也沒有具體的事實根據。

我們先想到的，自然是陳麗雪在回到古代時的身分？

可能陳麗雪故意對我們隱瞞，也有可能，連她自己也不知道！

要弄明白她的身分，最好的辦法，自然是去問她在古代曾遇到過的人！白素曾問過金美麗，金美麗說完全沒有回到古代的經歷，那麼，只好去問金大富了。

要問金大富的問題有兩個，一個是問他有沒有回到過古代，見到過陳麗雪。另一個問題，是問他何以隔着汽車，看到了陳麗雪，會如此害怕。

看來，不管和金大富的會面是否有趣，總不可避免了一想到這一點，我難免有點不情不願的神情，白素自然知道我的心意，她揚了揚眉：「金大富是生意人，而且未必見得老實，你要去找他，還得提防他根本不肯回答你的問題，因為他要求你的事，你顯然不肯幫助。」

我皺了皺眉，白素分析得很對，金大富十分滑頭，如果他知道我有些事想在他身上求答案，他可能就會以此為要脅，要我們非幫助他不可，到了那時，我自然會拂袖而去——在金大富這種人的面前碰釘子，那自然是不愉快之極了。

所以，既然估計到了會有這種情形，就應該先給金大富一些好處。那也就是說，先答應他的一些要求。

我想到這裏，白素已經在問：「他究竟講了一個什麼樣的故事給你聽，又向你要求了一些什麼？」

我嘆了一聲，作了八個字的評語：「故事無稽，要求荒唐。」

白素一聽，卻笑了起來：「無稽和荒唐，豈不正是有些人眼中，衛斯理一生的寫照？」

我也呵呵大笑，指着白素：「閣下只怕也不能例外。」

十五

先說金大富所說的無稽故事。

金大富一來，禮數周到，態度恭敬。雖然他所用的言詞有點古怪，聽來不是很順耳，可是既然他態度那麼好，也自然不會引人反感——這是我能夠聽完他那無稽故事的一個原因。

請注意，我只是認為他的故事無稽，並不是認為他的故事不好聽，這是我聽完他的故事的另一個原因。

金大富人極聰明，他在和我寒暄了幾句之後，就知道他若是不開門見山，我很可能在三分鐘之內就下逐客令，他更知道，要是他所說的話不是一下子就能吸引我的話，結果也是一樣，所以，在吞下了一大口烈酒之後，他一開口就道：「我知道在中美洲，有一個外星人的基地。」

我當時的反應，是翻了翻眼，連「是嗎」兩個字，都懶得問。

要說明的是，我之所以有這樣的態度，並不是認為在地球上不會有外星人的基地，我相信地球上極有可能有外星人的基地，更可能不止一個。外星人在地球上建立基地的目的很多，有的可能絕非地球人所能了解。

然而，我卻不信金大富的話，金大富只不過是一個暴發戶，或許他有過人的商業手段，但是他如何會在中美洲發現外星人基地？

金大富看出了我的冷淡，用力一揮手：「我的財富來源，就來自那個外星人的基地！我到過，進去過，衛先生，真的！」

我作了一個手勢，請他繼續下去。

金大富的神情，卻又遲疑起來，有點低聲下氣地：「我是不是可以從頭說起？」

我點頭：「可以，不過，請你長話短說。」

金大富連連點頭：「我是一個海員，很多年之前，為了脫離一個沒有自由的環境，在一次到中美洲的航行中，我在英屬洪都拉斯跳了船。」

我明白「跳船」的意思，那是相當悲慘的一種行為：生活不好的船員為了改善環境，在到達另一個國家之後，沒有合法的入境許可就私自上岸，成為這個地方的黑市居民。結果如何，前路茫茫，當時全不可測，那是對自己命運的一種賭博。

我加插了一句：「請別說你的奮鬥史，只說那個外星人基地的事！」

金大富的樣子，像是十分為難，但他還是盡量把事情精簡了：「一連好多年，我什麼都做，只是胡混，後來，混到了替當地的一個巫師充當助手。」

我心中不禁暗罵了一聲：亂七八糟，什麼東西？

真是夠亂的了，巫師助手（那算是什麼職業？）又怎麼會和外星人基地發生聯繫？

金大富在急急解釋：「那巫師的巫術，其實十分簡單，說不定他根本不是巫師，他的巫術，其實就是催眠術！恰好我當海員時，由於無聊，研究過催眠術，也正因為這樣，才成了他的助手。」

我聽到這裏，相當有禮貌地打了一個呵欠。金大富現出哀求我不要催他的神情：「當地土人不知道什麼叫催眠術，而催眠術所表現出來的一些情景，確然十分神奇，所以我們混得不錯，有一天，替一個土人施催眠，那土人說的一番話，改變我的一生！」

金大富多半是覺得他所說的已夠吸引人了，所以講到這裏，故意停了下來，好整以暇地去喝了一口酒。

真使得我又好氣又好笑，要不是他開始時提到了外星人的基地，又說他曾到過，我才不會聽下去。所以，這時我相當禮貌地提醒他：「請快說！」

金大富一口酒沒吞下，已然被我催他說下去，雖然我的語氣溫和，一口烈酒還是嗆得他劇烈的咳嗽起來。

他不敢等到咳嗽完全停止，就繼續道：「這個土著，是一個挑伕，常受僱挑了貨物到各種人迹不到的地方去，見識經歷都十分豐富，在受了催眠之後，他說出了一段十分驚人的經歷，他說，在這裏——」

我和金大富，在我的書房之中談話，書房裏有一具相當大的地球儀，金大富說到這裏，來到了地球儀之前，轉動了一下，用手指着一處：「看來，根據他的話分析，他有驚人奇遇的地方在這裏。」

我嘆了一聲：「金先生，請你注意一點，我只聽你的叙述，不聽你的轉述，那個挑伕的經歷——」

金大富立時接了上來：「和我親身經歷大有關係，他最早發現那外星人的基地，我是根據他的叙述……才到了那地方的！」

金大富在說到了「才到那地方的」之際，有一點猶豫，我當時並沒有留意，直到他說完，我才知道他玩弄了什麼樣的狡猾。

我沒有再說什麼，只是望着地球儀，金大富指的地方，是英屬洪都拉斯、危地馬拉和墨西哥的交接處，這裏有着世界上最奇特的國界線——成直線的國界。

那地方，直到現在，不是山區，就是叢林，自然屬於沒有開發的地區。

金大富在繼續着：「那挑伕有一次，在這一帶迷了路，亂闖了七八天，給他闖進了一個奇異莫名的地方。」

我聽出了一個破綻：「一個土著挑伕，就算闖進了一個奇異的地方，他也無法把這個所在設想成為一個外星人的基地的！」

金大富道：「是，他不知道，他只知道那地方奇特之至，後來我也到了那地方——」

我打斷他的話頭：「以閣下的想像力和知識程度而論，似乎也不會聯想到外星人的基地！」

金大富被我屢屢搶白，不免有點惱怒，他提高了聲音：「當我在江湖上混的時候，我很愛看書，雜七雜八的書都看，包括閣下早期記述的幾個故事在內。」

這傢伙，倒也厲害，把我早期記述的故事，歸入「雜七雜八的書」的範圍之內，我還不能發作。

我只好冷冷道：「那地方像什麼樣子？一艘巨大的太空船？內部就像我曾記述過的『米倫先生的太空船』那樣子？」

「米倫先生的太空船」，是我早期記述「雜七雜八」的故事之一，有着一個淒婉之極的故事，一頭金髮、美麗絕倫的米倫太太，給我的印象深刻之至。我相信金大富讀過這個故事，所以提了出來。

金大富側着頭想了一想就否定：「完全不一樣，那地方極大，大到了不可思議，是一個很大的空間，視線所及之處，全是方形的一格一格，而各格之中，又有許多小格子，勉強要形容，就像是幾萬個蜂巢密集地排在一起，那地方，靜到了極點，在許多小方格中，不時有閃光發出來。」

他講到這裏，停了一停，望着我，等我的反應。

也不知道是他形容的本事不好，還是我的想像力不夠豐富，我閉上眼，用心想了一會，竟然難以想像那地方究竟是什麼樣子的！

金大富苦笑了一下：「的確，若不是身臨其境，十分難以想像那是什麼樣子的，只要一身在其中，就可以知道那絕不是地球上的建築，地球上不會有這樣的……建築，所以我就設想它是一個外星人的基地！」

金大富這樣的敘述，很具吸引力，但當然未能使我全神貫注。我不是很起勁：「你聽了那挑伕的描述，就去找那個地方？」

金大富遲疑了一陣：「那挑伕是在催眠的情形下，提到他曾有過這樣的奇遇，他對那地方的描述，十分簡單，根本沒有提到什麼小方格，只是他的一句話，吸引了我，使我想到那地方去了。」我作了一個手勢，請他繼續說下去。

金大富又大大喝了一口酒，顯然那挑伕說的話使他十分震驚，他如今回想起來，還需要酒精的安慰。酒喝得太大口，又是絕不香醇的烈酒，他又嗆咳了幾下：「那挑伕說，他在那個地方，一直在看電視——總算他有機會接觸到電視，所以他才把他那些小方格說成是看電視機。那一年，他接受催眠的那一年，恰好有一件全世界人都知道的事發生，而那挑伕在催眠之後，竟把這件事說了出來。」

金大富說到這裏，頓了一頓，又在等我的反應。我嘆了一聲：「請你說得明白一些，別使用太多的未知數。」

金大富道：「好，由於我是中國人，對這件事自然留意，所以知道有這件事發生。那挑伕絕無可能知道，可是居然說了出來。更奇的是，當他在那地方的『電視』上看到這件事的時候，這件事，根本還沒有發生！」

我不覺坐直了身子，因為金大富的敘述，很有點意思了，這是一種什麼樣的情形呢？

大有可能，那所在真的是外星人的基地，許多小方格，或許是許多電視熒光屏，打開一格，就可以在熒光屏上看到過去未來的情形，外星人就在這個基地之中，研究地球人的一切行為。

金大富看到了我大有興趣，也很高興，我問：「挑伕看電視看到了什麼？」

金大富嘆了一聲：「事情極怪，挑伕在接受催眠之後，把他聽到的、他全然不懂的語言，也全一字不易地講了出來，這實在不是人類腦部的功能！」

我大喝一聲：「什麼事件？」

金大富被我的呼喝嚇了一大跳，急急喝了一口酒，現出委曲的神情：「挑伕潛意識中記住了那句話，在催眠狀態中說了出來，由於是一種方言，當時我也不是很聽得懂，經過我反複地追問講這話的人的外形。才算是確定了那是一句什麼話。」

他還是沒有把那件事直截了當講出來，我不再呼喝他，只是冷冷地望着他，讓他自己覺得不好意思。

果然，這樣反而有效，他立即道：「挑伕先是看到戰場上的情形，有一座石橋，不是很大，交戰的雙方有西方人和東方人，使用的武器火力十分威猛，他看到西方人的人數比東方人多很多，東方人正在拚命抵抗，可是顯然處於下風，一個一個在槍炮聲中倒下去。」

我皺着眉，事情很怪，東方人和西方人交戰，歷史上發生過很多次，第二次世界大戰，日軍和盟軍就曾在亞洲各處都發生過戰爭。

那挑伕看到的戰爭，是什麼時候發生的？既然使用了槍炮，自然不會是古代的事。

我問了這個問題，金大富有點狡猾地眨着眼：「那挑伕很無知，能分出是東方人和西方人在交戰，已經很不容易了，在戰火連天的情形下，根本連要分清楚黑人和白人，也不是容易的事！」

這一點倒是真的，對無知的土著挑伕，自然不能要求太苛。金大富又道：「最後，挑伕看到年輕東方軍官，相當勇敢，他不知想有什麼行動，想衝向前去，卻中了槍，有好幾個軍人撲向前，拚着槍火，將他拉到了石橋下面，拉他的軍人都在叫着——」

我也不禁有點緊張：「那挑伕把他聽到的叫聲記在潛意識之中，然後在被催眠的情形下叫了出來！」

金大富點頭道：「是，他叫出來的話，我一下就聽懂了，那些人都在叫：『不能死！你不能死！』」

我冷笑一聲：「在戰場上打仗，有誰是不能死的，啊，我明白了，那年輕軍官，一定有十分重要的特殊身分，所以他的同僚一看到他中槍，就自然而然這樣叫着！」

金大富在那一剎那間，現出對我極敬佩的神情來，忍不住說了一句：「你真是名不虛傳，衛先生！」

我心中也陡然一動，作了一個手勢，請他暫時不要説話，以免打斷我的思路，然後，我自信已捕捉到了事情的來龍去脈。

我又問了一次：「你的意思是，那挑伕説出這件事的時候，這件事已經發生了，而當他在電視上看到這件事的時候，這件事根本沒有發生。」

金大富點頭：「我肯定，相差了至少有半年！」

我深深吸了一口氣，世界上竟然有一處地方，有一具「電視」，可以預演出半年之後發生的事，那麼，稱這個地方為「外星人基地」，自然再相宜不過。這樣一想，我對金大富就有點另眼相看，替他斟了一大杯酒，金大富自然也感到他的待遇正在改善，所以神情興奮：「接下來，戰爭場面沒有了，看到了一間大房間，有許多東方人在，大多數坐着，有幾個人站着，一個身形高大的人，神情十分激昂，正在講話，每一個人的目光，都集中在這個人的身上，這個人有着十分權威的臉形和眼神——」

金大富講到這裏，我突然接了上去：「這個人的頭髮，兩邊比較高聳，他的下顎上——」

我接下來所說的，全是這個人的特徵，金大富聽得直跳了起來，指着我，神情如見鬼怪，一疊聲地道：「你，你，你……也曾看過那電視？」

我搖頭，不禁為自己豐富的聯想能力、高強的推理能力而自豪：「我是根據你的敘述推測出來的。嗯，這件事，確然是一件大事，而且在發生之後，也過了好久，才為世人所知，一個遠在英屬洪都拉斯的土著挑伕，確然沒有理由會知道！」

金大富的五官，由於驚訝過甚，給人以一起在移動之感，他過了好久，才又重複道：「你真名不虛傳，那挑伕聽到的幾句是什麼話，你也知道了？」

我先是神情輕鬆地點了點頭，然後，突然想到了一些事，令我感到震動——那個身形高大的人所說的話中，提到了報應。他是這樣說的：「始作俑者，其無後乎？我一個兒子發了瘋，一個兒子在戰場上被打死，報應？」

而這幾天，我們和陳麗雪的談話，也都設想到了報應這種事，那純粹是巧合，還是金大富當年在中美洲的經歷，竟然和如今發生的事有關？霎時之間，我思緒極亂，整理不出一個頭緒來。

要知道，那時候，金大富和陳麗雪還不曾打照面，陳麗雪也還未曾就報應這件事發表她那麼強烈的意見，所以我也理不出一個頭緒來。後來陳麗雪一說到報應，我也那麼激動，自然是先有了金大富的敘述之故。

當時，我和金大富互望了片刻，我道：「毫無疑問，那個地方的『電視』上映的，不是電視劇，確然有着精確之極的預言作用。」

金大富用力點頭：「就是這一點吸引了我，所以我決定非到那地方不可，到了那地方，我有可能預知許多許多確然會發生的大事！」

我閉上眼睛一會，「預知能力」一直是人類夢寐以求的事，「早知三日事，富貴已千里」，我已知道金大富後來真的到過那個地方，他忽然之間成了暴發戶，只怕就因為他在「電視」上看到了將會發生的重大的經濟事件！

我點了點頭：「有這樣的誘惑力，當然會使你去尋找那個地方。結果你終於去了？」

對於我那麼普通的一個問題，精明能幹的金大富卻遲疑了一陣，才道：「是，我終於到了那個地方！」

他的這種神態，一看就知道，他在到達「那個地方」之前，還有一些事發生，而且多半是不可告人之事，所以他才會吞吞吐吐。

當時我並沒有在意，因為我只想知道他到了「那個地方」之後的情形，對於他是如何到那個地方的，我並沒有興趣。

但是我也很不喜歡他這種對我隱瞞事實的態度，所以我「嘿嘿」地笑了兩聲，提醒他在以後的敘述之中，最好實話實說。

金大富神情略為尷尬：「我……終於到了那個地方，才知道那挑伕的形容力十分差，的確，那是極大，一個空間，有許多方格排列着，我很快就發現，每一個方格，都有『電視』可看，而且，有一組按鈕，可以控制方格移動，方格似乎無窮無盡，在移動之間，又隨時可以停下來，那情形……就像……就像……」

他一時之間找不到適當的形容詞，我代他設想了一個：「就像一個可以轉動的資料庫？」

金大富猶豫了一下：「可以這樣說，但是那地方……實在太大了，唉，那種資料的儲存法，其實十分落後，現在地球人利用電腦儲存資料的方法，就進步得多。」

我閉上眼睛，設想「那個地方」的情形，的確，那種資料儲存法，不能算是進步的方法，如果真是「外星人基地」，那麼，這種外星人，可能有十分古怪的性格。

金大富又喝了一口酒：「我在那地方停留了很久，不斷地看着『電視』，開始的時候，看到的一切，都莫名其妙，漸漸地，我找到了一些竅門，我發現所有的資料，都是按年份儲存着的，當我看到一個人……一個德國人在地窖中舉槍自殺之後，我就可以肯定，那一年，是公元一九四五年！」

我發出了「啊」地一聲：「你應該也可以看到許多日本人被送上絞刑架！」

金大富咬着牙，點頭，神情十分嚴肅。

一九四五年，第二次世界大戰結束，德國獨裁者希特勒自殺，大批日本戰犯被送上了絞刑架——金大富看到的，自然就是這些事實！

金大富看到這些情形時，這些事都已發生，我忽然想到的是，如果在一百年之前，就有人到了那地方，是不是也可以看到同樣的情形？如果可以，看到的人自然也不明白那是什麼現象，就像金大富才到那地方時，看到了很多不明白的景象一樣！這時金大富的聲音之中，有着的興奮：「我一發現了這一點，心中的興奮，真難以形容，我竟然可以在這裏看到發生過的事和將來的事，我立即想到，若是我可以知道以後的事，那我就是一個有預知能力的人了！」

他說到這裏，望定了我，我也望着他：「又有什麼意外？你顯然未曾成為有預知能力的人！」

金大富皺着眉，神情十分疑惑：「我也不明白，以一九四五年為起點，我一年一年看下去，看到的，全是一些莫名其妙的事，很多是災難，各種各樣的死亡，看得人遍體生寒，直到我看到有兩個男人被關在監獄之中，我才呆了一呆。」

我作了一個手勢：「請你把這一段過程說得詳細一點，你所看到的，全是十分不幸的事？」

金大富用力在自己的頭上拍打了一下，又喝了一口酒，顯然，他在那時看到的景象，一直到現在，都是極不愉快的回憶。

他點了點頭：「是，全是一些人……一些莫名其妙的人，有十分悲慘的下場。」

我再追問：「你所謂莫名其妙的人，是什麼意思？」

金大富道：「是我根本不知道他們是什麼人的意思，直到那兩個在監獄中的男人出現。」

我悶哼了一聲：「這兩個男人，有什麼特別之處？」

金大富急速地眨了片刻眼：「我認得出他們，他們是在金融界叱吒風雲的大亨，操縱着幾種貴金屬的買賣，可以控制他們在世界市場的價格，像這種超級豪富，如何會身陷囹圄呢？如果他們坐牢，是日後必然會發生的事，那麼，是不是表示，在某一時候，他們的事業會失敗，會潰不成軍？」

在金大富說到這裏的時候，我用力鼓了幾下掌，表示對他的欣賞。在那種如夢如幻的境地之中，他還能保持着頭腦清醒，對看到的異象作出理性的分析，那自然難能可貴之至，值得欣賞。

金大富吸了一口氣：「我記起了那一年的年份，在當時，那是兩年後的事。」

我性子急，連忙問：「結果是——」

金大富吞了一口口水：「那一年，一種貴金屬的價格被哄抬到不合理的高價，誰都知道就是這兩個豪富在操縱，我由於預知這兩個人必然會有壞下場，所以在貴金屬市場上，傾我所有大量拋空，結果自然是得到了超乎想像的巨額利潤！」

我作了一個手勢，令他暫時不要再說話，因為我的思緒有點紊亂，需要整理一下。

正如我所料，金大富是在那個地方看到了一些將會發生的事而致富的，可是情形卻有點曲折。他並不是直接看到了那種貴金屬的價格在那一年直線下降，而是看到了對貴金屬市場有大影響的兩個豪富在那一年進了監獄，再由此推測將來的事——這表示他有過人的智力，致富不單是運氣和偶然，還動用了他的頭腦，自然，他有了那樣的「提示」，要作出正確的判斷，也就不是什麼難事。

從他所敘述的情形看來，在那個地方的「電視」上能看到的一切，都是人，而不是事，都是人的下場，至於這些人為何會有這樣的下場，並沒有顯示出來。

我約莫有了一點概念，可是還不能具體說明是怎麼一回事。

金大富等了一會，直到我又向他作了一個手勢，他才繼續道：「那一次，我在那地方記住了三宗事，第一宗是那兩個豪富入獄，第二宗，是一個著名東方國家的皇帝客死他鄉——這使我想到這個國家會發生巨大的變化，那時我已經有相當數量的資本，知道那個國家會發生巨變，再根據那個國家和附近地區的形勢來判斷，很容易會知道某種商品的價格會上漲——」

我提高了聲音：「石油就石油，什麼某種商品！」

金大富道：「是，在石油價格增漲的過程中，我使我的資產擴展了二十倍。」

金大富的經歷，當真可以說神奇之至。這時，我仍然猜不到他為什麼要來見我，把這些告訴我，我知道他一定有求於我，但不知他要求我什麼。

金大富神情頗有得色：「第三宗，我看到的是屍橫遍野的戰爭，在以後的幾年中，連續都有，我知道那是一場長期戰爭，在畫面上，我認出交戰的雙方，其中的一方，恰好在石油買賣中相熟，於是……我想到了戰爭中最需要的物資……」

他說到這裏，居然神態有些忸怩，不好意思地笑了一下，沒有再說下去。

我沉下臉來，悶哼了一聲：預知了會有一場長期的戰爭，金大富當然是從事軍火買賣。軍火交易和毒品交易，是世界上兩大最賺錢的行業，金大富自然又使他的資產擴大了若干倍！

我們保持了片刻沉默，金大富才道：「那個地方我想過許多遍，結論是，在那裏可以看到的『電視』，顯示了許多人的下場，而且全是十分不幸的、悲慘的下場，時間，可能上下數千年，也可能更久，我在那裏逗留了大約三天——由於環境太奇幻了，我完全無法記得起正確的時間！」

我自己也有過不少次這樣奇幻的經歷，在那種境地之中，確然不容易記得確切的時間來。我點了點頭表示諒解。金大富道：「我實在不願意離去，可是……可是……忽然我在一個畫面中……一個畫面中……」

他自開始敘述以來，一直侃侃而談，可是說到這裏，突然好像舌頭打了結，面色灰白，神情驚惶，欲語又止，接連喝了三大口酒，還沒有說下去。看到他這種情形，我腦際陡然閃過一絲靈光，脫口而出：「在一個畫面中看到了什麼？看到了你自己？也和畫面中所有人一樣，沒有什麼好下場？」

我的話才一出口，金大富就陡然震動了一下，手中的一杯酒，竟因之而抖出了一半來，全灑在他的身上，他取出了手帕——在手帕上有金光閃閃的繡花，卻不去抹身上的酒，而去抹額上的汗！

由此看來，我隨隨便便一說，竟然就說中了事實！

我不再說什麼，只是盯着他看，他在額上抹了又抹，又把那半杯酒一口喝了，這才開口說話。尋常人在這樣情形下，一定只顧說發生了什麼事，可是他卻還不忘恭維我：「衛先生，你真了不起！我早就知道，我的遭遇，只能對你說！」

我悶哼了一聲：「你看到了自己會有什麼下場？不可能世界上每一個人的下場全可在那個地方看到吧？應該……至少是重要一些的人才有，嗯，不錯，現在你早已不是巫師的助手，而是相當重要的人物了！」

金大富嘆了一聲：「衛先生，別調侃我了，我……真的看到了我自己……在一間什麼也沒有的房間中，身上穿着白布衣服，那房間的門上，有一個小窗子，小窗子上有着鐵枝——」

我不等他說完，就打斷了他的話頭：「形容的太詳盡了，簡單點說，或者正視現實一點說，你是在一間禁閉瘋子的神經病院的病房之中！通常，只有極嚴重的精神病患者，才會有這樣獨立的房間！」

我的話自然說得直接之極，金大富身子發着抖，雙眼失神地望着我。

我知道他在那地方看到的情景，其令人震駭的程度，必然還不止此，所以又問他：「你看到自己在做什麼？」

金大富聲音發顫：「我……那時神情痛苦之極，五官都扭曲，我從來也沒有見過自己這種樣子，那沒有道理是我，可是我偏偏一看就知道那是我……我痛苦之極，在用力向着牆上撞頭，撞得極有力，發出可怕的聲響。」

我也不禁感到了一股寒意：一個人看到自己有這樣的瘋狂行為，又知道那時候一定痛苦莫名，這的確令人感到震慄。

我趁金大富在大口喘息之際，補充着：「一般來說，嚴重的精神病患者都有自殘的傾向，所以那房間的，四壁和地板，一定全是柔軟的橡膠。」

金大富幾乎哭了出來：「你……怎麼什麼都知道，那樣……直接地說，太殘忍了！」

我冷笑幾聲，我對金大富始終沒有好感，這是我和他說話時毫不留情的原因。我催促他：「只是撞頭？」

金大富嘆了聲：「先是撞頭，後來發現撞向牆上、地上都沒有用，就拚命向上跳，想撞向天花板，但當然撞不到，我看到自己跳得筋疲力盡，軟癱在地上，不住喘着氣，忽然之間，神情更痛苦，動作也更瘋狂！」

我搖頭：「在這樣的房間裏，你想不出什麼花樣來自己傷害自己的！」

金大富的聲音，如同他的喉嚨中塞着一隻活的青蛙，所以一面說話，一面有怪異的「咯咯」聲發出來了：「我想到了，我……突然用雙手抓住了我的嘴角，用力向外撕，鮮血很快就順着我的口角湧出來！」

金大富在講這幾句話的時候，聲音嘶啞，凄厲可怖之至，再加上他講的情景，確然也令人悚然，我也聽得十分不自在，突然站起身來，走了兩步，才指着他：「像你這樣的瘋子，應該二十四小時有人監視的，不會任由你發瘋下去！」

金大富被我一指，直跳了起來，尖聲叫嚷：「我不是瘋子，我不是！」

我也覺得自己那樣說有點過分了，所以立即縮回來手來：「對不起！」

金大富大口喘氣，過了很久才道：「就在這時，有兩個人推開門闖了進來——多半如你所說，有人二十四小時在監視着。衝進來的人抓住了我……我拚命掙扎，他們把我雙臂拉向後，那種白色的衣服袖子上，有着堅韌的帶子，等到他們把我的雙臂，紮到了背後，我除了嚎叫和雙腳連跳之外，什麼都不能做。我那時發出的嚎叫聲……真是可怖之極！」

我攤了攤手：「如果你有機會去參觀瘋人院，幾乎有一半以上的瘋子，不斷在發出那樣的嚎叫聲，是由於瘋子的腦部運作有了毛病而產生的，又或許回復了人的原始性，才會不斷嚎叫！」

金大富笑容極其苦澀，停了足有半分鐘，才又道：「衛先生，我記下了那個畫面的年份，是明年！」我沒有什麼反應，因為這時，我已約略知道金大富急於要來找我是為什麼了，而且，我也知道，我實在幫不了他什麼。

在沉默中，金大富突然又叫了起來，聲音更是淒厲，他俯身向着我：「衛斯理，你知道嗎？明年，我會成為無可救藥的瘋子！」

我平靜地說：「如果另外三宗預見的畫面，結果都是事實，那我看確然會這樣！」

金大富在那一剎那間，整個人像是泄了氣的氣球一樣，整個癟了下來：「我不要成為瘋子！我不要成為我……看到過的那麼可怕的瘋子！」

當他在這樣喊叫的時候，他的口角流着白沫，使我聯想到他在變了瘋子之後，他把自己的口角扯得流血的情景，更使人厭惡。

（十分奇怪的是，我聽了金大富的敘述，對於他看到了那麼可怕的景象，一點也沒有同情之感，而且，我也幾乎肯定了他到那時候，會變成瘋子！）

我轉過頭去，聽得金大富發出了濃重的呼吸聲，他在盡量使他的聲音恢復鎮定：「衛先生，只有你可以幫助我！」

我淡然道：「我看不出我有什麼方法可以幫助你！」

由於我並不望他，所以他來到我的身前，雙手握在一起，神情焦切，看樣子像想跪下來，可是又有點怕我生氣，他求道：「你神通廣大，一定可以幫我，你可以查出那究竟是什麼外星人的基地，你曾不止一次和外星人打過交道，你——」接下來，金大富的話，多半是由於他太着急，所以語無倫次之至，可以說是我聽過的最不知所云的話。他道：「你認識那許多外星人，紅的藍的都有，外星人總是外星人，朝中有人好說話，有自己人在那裏，上下打點，總好說話得多，拜託你去說說好話，把那『電視』改一改，別讓我當瘋子，我感恩不盡了！」

他說到後來，情緒十分激動，甚至真要跪下來，看來還可能向我叩頭，我大吃一驚，還好仗着身手敏捷，一看到他要矮身，立即用力一推，把他推得跌出了兩步，坐倒在一張沙發上。

他在沙發上，像是離了水的魚兒一樣，張大口喘着氣，我又好氣又好笑，喝道：「你在胡說八道什麼？我幾時見過藍的外星人來？」

金大富呻吟出三個字來：「藍血人！」

我悶哼：「藍血人的血是藍的，皮膚的顏色正常得很！你別胡亂出主意了，你怎麼知道『電視』中看到的畫面，可以更改？」

金大富啞着聲音叫：「閻羅王的生死簿都可以改，那地方的記錄為什麼不能改？」

金大富這樣叫嚷，當然是無理取鬧到了極點，若不是他真的發急，以他的聰明才智，怎會這樣胡言亂語？然而，他這樣一叫，卻令我十分吃驚。

首先，我想到如果他的精神狀態一直如此緊張恐懼，那麼，久而久之，受不了那麼重的壓力，當真可能變成瘋子！

其次，他忽然提到了「閻羅王的生死簿」，乍一聽，只覺得滑稽，可是仔細一想，卻又着實令人吃驚。

傳說中，閻羅王的手中有一本「生死簿」，裏面記載着所有人的壽命，何年何月何日生，何年何月何日死。所謂「閻王注定三更死，誰能留人到五更」，一般人的死亡日期，全是簿中注定的。

然而，也可以改，例如孝子，到了閻王殿上接受最後審判時，閻王一看，就可以隨意宣旨「增添陽壽二十載」，於是，死了的人再活過來，在二十年之內，怎麼都不會死，因為延壽二十載是掌握生死的閻王御批的。

這種傳說，尤其是中國人，自幼深入心中，人人皆知，所以乍一聽，會有滑稽的感覺，可是，想深一層，那個地方可以通過「電視畫面」看到的許多記錄，不也和生死簿差不多？

記錄中記的全是禍事，全是許多人的壞下場，那麼，是不是可以觀看「禍福簿」，或者「禍事簿」呢？

如果說，掌握「生死簿」的是閻王，那麼掌握這「禍事簿」的又是什麼力量，能夠正確無誤地在一定的時間把禍事降臨在該受禍事的人身上？

霎時之間，我思緒十分紊亂，金大富以為我肯答應，又連聲道：「只要你肯試一試，一定會成功的！」

我嘆了一聲：「這種無頭無腦的事，我實在幫不了忙！」

我雖然沒有直說出來，可是我的神情已經明顯地擺出了我根本不願意幫忙的樣子。

金大富失神之至，連聲道：「那我怎麼辦？那我怎麼辦？我怎麼辦啊？」

他雖然叫得聲嘶力竭，痛苦徬徨無比，可是我一點也看不出我有幫他解決困難的必要，所以我半轉個身去，明放着請他「貴客自理」。

金大富又叫了我一聲，我不耐煩：「你看的情景，未必一定會變成事實，你好端端的，怎麼會發瘋？倒是你一直擔心那會變成事實，十分危險，單是精神憂鬱就可以令人發瘋，我勸你別鑽牛角尖了！」

金大富聽了，半晌不語，端起酒杯來，咕嘟咕嘟喝下了大半杯酒，當他用手帕抹了口角的酒時，神情雖然十分失望、沮喪，但已經十分鎮定：「衛先生，你甚至對那地方沒有興趣？不想到那裏去看一看？」

我回答得十分理智：「類似的地方，我到過許多次了，據我所知，三十年前有一個埃及人，就曾得到過外星人的幫助！」

金大富聽得瞪大了眼，顯然他對這種事，聞所未聞。我繼續道：「這個埃及古人在北非造了一個倒金字塔，深入地底，算準了三十年之後的一場風暴，會使金字塔顯露，在那座倒金字塔之中，藏有用古埃及文字寫下的人類過去未來的一切資料。」

金大富苦笑：「我也知道，你和一個蘇聯海軍少將，在黑海海底發現過外星人留下的龐大基地，可是，另一個新的……基地，你一點興趣都沒有？這並非和你以前到過的那些相同。」

我欠了欠身子，本來，金大富所說的對我應該有相當的吸引力，我會十分渴望到那個地方，會千方百計地想去看一看。

可是，這時我全然提不起勁來，或許是由於我對金大富實在沒有好感的緣故，所以我還是拒絕：「對不起，我不想去了解那個地方，謝謝你告訴我這樣的一個遭遇，我真的不能幫你什麼。」

金大富還在盡最後努力，他用的是激將法：「要到達那個地方，有一個相當艱難的歷程，你怕涉險？」

我哈哈大笑：「對，你說得對，既然那麼艱難，我更加不去了。」

金大富無計可施，接受失敗，長嘆一聲，失望而去，我送他出去，他還十分有禮地倒退着，叫我留步。

而出了大門，他轉身，就看到了陳麗雪。

金大富看到了陳麗雪之後的情形，在前面已經交代過了。

十六

白素聽完了我和金大富會面的經過之後，只是望着我，不出聲。

我知道她的意思，是在說好奇心強烈的我，得知了有一個那麼奇怪的所在，一定會千方百計地前去，怎麼反而會推了開去！

我忙道：「我不是不想去，而是我不想和金大富有任何關連……我強烈地感到，成為瘋子，是他必然的下場，一定是他種了什麼惡因，才會有那麼的惡果，絕無必要去為他解禍消災！」

白素蹙着眉，低聲問：「報應？」

我陡然震動，當金大富提到「生死簿」之際，我聯想那地方的情形，曾設想過「福禍簿」或「禍事簿」這樣的名稱，想來想去，「報應簿」不是更貼切麼？那地方所見的情景，全是一筆一筆的報應——當然全是壞報應，善有善報，惡有惡報，更貼切地說，那地方的資料，是一本完完善善的「惡報簿」！

和閻王的「生死簿」一樣，把所有人該受的惡報，列在那裏，只等時間一到，就會實現。

金大富在那裏看到了自己的下場，所以他才那樣恐懼，而我在聽到他的敘述之後，態度仍然十分自然，這在別人看來實在有點怪異，是不是由於那股掌握報應的力量，也影響了我腦部的活動？

一想到這一點，我的神情不禁十分怪異，那股力量若是大到這種程度，真是太不可思議了！但這種力量，若不是那麼強大，那又怎掌握上下千年，縱橫萬里，所有人間的善惡報應？

白素在這時所想到的一定和我一樣，因為一向不是大驚小怪的她，這時也有十分怪異的神情──人人一想起這種情形，都會在心頭生出極度的怪異之感。雖然善有善報惡有惡報的說法，千萬年來深入人心，可是傳說畢竟是傳說，所有的傳說都模模糊糊，語焉不詳，不能深究。在傳說中，是什麼力量把人的行為一樁樁記錄下來？又是根據什麼標準來判斷人類行為的善和惡？又是什麼力量把報應施在人身上？

沒有一個傳說可以具體說出這種力量，有的只是「天自然有眼」、「頭上三尺自有神明」、「冥冥中自有定數」，這一類空洞的說法。

千百年來，所有人對這種說法，也都十分滿足，相信有報應的人，盡量使自己的行為合乎傳統的「善」的標準，但一樣有許多許多的人，行兇作惡之際，全然不去想到有報應這回事。

本來只是虛無縹緲的傳說，誰都知道有報應這回事，可是誰都不會認真去相信它，忽然之間，竟實實在在的存在——在一處地方，有着所有的資料，那是報應的惡報部分，有一個人，金大富，曾在那裏確實看到過幾個人的報應，包括自己在內！

有那麼奇妙的事實在，如果不進一步去探索一下，真是對不起自己了。

我一想到這裏，不由自主叫了出來：「管它金大富不金大富，那地方絕對值得去一次。」

白素吁了一口氣：「反正你總要再去見金大富——」

她說到這裏，我就現出厭惡的神情來，白素笑了一笑：「或者，請他來，我看他肯來。」

我還在猶豫，白素向我做了個鬼臉：「除非你自己可以找到那地方……」

我想起金大富在敘述他到那個地方去的經過時，含糊其詞，顯然他十分老謀深算，知道我在事後一定會對那地方感到興趣，也一定會再和他見面。

我要和他見面，不單是要問他那地方的準確所在，也定要問問他為什麼見了陳麗雪之後，會驚恐到這種程度！

雖然我非見他不可，可是一想到我要請他來，心中就生出極度的厭惡感——這種厭惡感，甚至連我自己也覺得沒有來由，金大富並不是真的那麼討厭，我也不是那麼容易討厭別人，可是那種厭惡感又確實存在，想趕也趕不走。

後來，在一切都明白了之後，我自然也明白了何以會有這種連我自己也不明白的厭惡感。

我手已按到了電話上，可是總是不想拿起來撥電話給金大富，白素在一旁看到了這種情形，也現出了大惑不解的神情來。

就在這時候，門鈴聲大作，老蔡一面答應着，一面去開門，按門鈴的人用這種方法按鈴，自然不禮貌之至，但也可以肯定，一定是有急事，或者故意淘氣，我剛在想，會不會是溫寶裕，還是良辰美景這兩個搗蛋鬼，老蔡已打開了門。

門一打開，就聽得一個清脆的女聲在叫：「衛先生，衛夫人！」

聲音很動聽，但是也惶急之至，白素「啊」地一聲：「金美麗！」她曾和金美麗作過長談，自然一下子就可以認出她的聲音來。

白素先我走出書房，她的行動極其快捷，等我走上樓梯時，金美麗已經緊握住她的手，正在訴説什麼，説得十分急，白素則不住在安慰她：「慢慢説，慢慢説！」

金美麗嚥了一口口水：「你……求求兩位，救救我的父親！」

白素嘆了一聲：「令尊怎麼了？」

金美麗張大了口，不斷喘氣，神情驚恐，好一會才道：「他……他不住用雙手扯自己的嘴，樣子可怕極了！他口角和手全是血，四個人拉住他的手，才把他捉住，他……他……」

我和白素不禁相顧駭然，那種情形，正是他在那個地方看到的情景！

難道那麼快，報應就來了！

白素急問：「他現在在哪裏？」

金美麗喘氣：「我想……他在狂叫着衛先生的名字，我想只有衛先生能救他——」

這時，門外突然響起了一個極難聽的聲音在叫：「衛斯理，救命！救命！」

聲音難聽之極，不過也一下子就可以聽出，那正是金大富在叫嚷，簡直就如同打開了地獄之門，冒出了一個惡鬼在那裏哭號一樣！

金美麗急急說：「我把他帶來了，怕請兩位去……會來不及。」

老蔡又打開了門，三個人一面叫，一面掙扎着衝了進來，在掙扎的是金大富，左右各有一個男僕，緊拗着他的手臂。金大富的樣子十分可怕，口角全是血，一面進來，一面在叫嚷——這種情景，實實在在令人感到無比的厭惡，我忍不住大喝一聲：「你鬼叫什麼？」

金大富給我一喝，停止了掙扎，只是怔怔地望着我，忽然之間，眼淚奪眶而出，金美麗也帶着哭音在叫：「爸，別哭，別哭，衛先生一定會幫忙的。」

剛才，我還有一個想法，金大富父女是聯手在做戲，想打動我幫忙他，現在看到這種情形，我也不禁心軟，心想，就算他們是在做戲，做到了這等程度，也真該同情他們一下了！

我走向前去，金美麗又用充滿了哀求的目光向我望來，我向她點了點頭。

金美麗立刻明白了我已經答允了幫忙，她激動得淚花亂轉，但又高興莫名。

金美麗人如其名，真的十分俏媚可人，這時我望着她，忽然想起陳麗雪的話來，如果有報應的話，她的報應似乎比金大富的更慘！真難以想像那麼美麗的一個女郎，曾有過什麼惡行，難道她真的曾是蛇蠍美人？

（這時我的思緒十分亂，飄忽之極，忽然想到，像武則天，不知殺了多少人，不知該受什麼報應？還是她在當皇帝的時候，也有不少好事，可以抵消她的惡行？）

（忽然在這種情形之下，想到了那麼古怪的問題，真有點匪夷所思。）

金美麗聲音發顫，叫道：「爸，衛先生答應了！你有救了！」

金大富看來疲倦之極，他的聲音又低又啞，「謝謝！謝謝！」

我向那兩個男僕揮了揮手，示意他們離開金大富，金大富腳步踉蹌，向我走來。

我立時道：「我要好好和你談談，就是我和你兩個！」

金大富連聲道：「你怎麼說怎麼好，全聽你的！」

我向樓梯上指了一指，他看來已經完全回復了常態，竟自己先快步走了上去。金美麗還十分擔心，拉着白素：「他究竟是怎麼回事？」

白素皺着眉：「不知道，但請放心，他……他……」

白素也不知道該如何說下去才好，金大富父女各有各的怪異，共通的是他們見到了陳麗雪，都會驚駭欲絕，金美麗曾有可怕之至的幻覺，金大富是不是也一樣呢？白素也十分想知道，所以她向金美麗道：「你請先回去，金先生在我們這裏，不會有意外的！」

金美麗猶豫了一下，向已經上了樓梯的金大富揮了揮手，告辭離去。

我和白素一起上樓，和金大富一起進了書房，坐了下來。不久之前，金大富就在這裏，向我詳細敘述他在那個地方的怪異經歷。

在上樓的時候，我和白素已經有了默契，由我來向金大富發問。金大富搓着手，剛才進來時的那種因為極度失望而近乎瘋狂的神情已經消失，而變得十分焦切——這實在使我有理由相信他剛才是在做戲，但反正他不來找我，我也要找他，也就不必去計較了。

我的第一句話是：「金先生，我們之間的談話，必須絕對真實，不能有半句歪曲，也不能有半句隱瞞！」

金大富忙道：「一定！一定！事情和我的下半生有關，我怎麼敢亂來！」

我又盯着他幾秒鐘，對於他這時的誠意，我並不懷疑，於是，我開始問第一個問題。

十七

我的第一個問題是：「金先生，你是不是曾有過一種經歷，感到自己忽然回到了古代，在那種經歷中，你是另外一個人，做着一些和你現實生活完全不同的事？」

在陳麗雪的叙述之中，在古代，金大富曾是一個手持水火棍，向一個偷情少婦敲詐勒索的惡棍，行徑十分卑鄙。我首先要肯定他是不是也會有相同的經歷。

當我發問的時候，金大富十分用心地聽着，等我講完，他卻眨着眼，想了片刻，才道：「請你把問題重複一遍。」

我把問題重複了一遍，自他的喉際，發出了一下相當曖昧的咕咕聲，顯然，那是他對我這個問題表示不滿，他的回答很簡單：「沒有！」

我和白素互望了一眼，金美麗沒有那樣的經歷（或幻覺），金大富也沒有，這一點，兩人的情形相同。

看來，金美麗和金大富，都不知道他們曾在若干年之前，做過什麼角色。

如果報應是可以經歷許多世代才發生，那麼今生今世遭了報，可能遭報者全然不知道原因，因為前生的事，再前生的事，再再前生的事，或是許多生以前的事，遭報者本身根本不記得了！

像金大富，如果他是為了曾向那美婦人勒索，或者事情發展下去，他有更大的惡行，而要接受變成瘋子的報應，由於他全然沒有身在古代的記憶，所以他不會明白自己為何會有那樣的下場！

最大的疑問是：金大富和金美麗自己也絕無任何記憶的事，為何會在陳麗雪的「幻覺」中那麼清楚地顯示出來？當真是怪不可言之至！

沉默維持了半分鐘，金大富才道：「這個問題很怪，為什麼要這樣問我？」我早就料到他必然會有此一問，所以我立時把陳麗雪所畫的那兩張畫像，遞給他：「請看！」

金大富接了過來一看，立時霍然起立，畫像十分傳神，他自然一眼就可以認出那是他自己。他神情極疑惑：「這……是怎麼一回事？我穿着這種古怪的衣服幹什麼？我又為什麼那樣害怕？」

我答得直接：「有一個人，忽然之間，會進入古代，經歷一些怪異的事。」

金大富又坐了下來，神色凝重：「嗯！時光倒流？在時間中旅行？像王居風和高彩虹一樣？」

白素不禁笑了起來：「衛斯理記述的故事，你倒看得很多。」

金大富也笑了起來，雙手抱拳，向我行了一禮：「我知道自己的事，只有衛先生可以幫忙，當然得先把他曾記述過的事，背得滾瓜爛熟才是。」

我不耐煩：「別說廢話了！這個人，在她的一次進入古代的經歷中，見過……」

我本來想說「見過你」的，可是轉念一想，這樣說並不妥當，所以我改了口：「見過一些人，其中一個人，她對之印象深刻，所以畫了下來，她的繪畫造詣很高，你看，這人畫得多麼生動。」

金大富先道：「是！是！畫得很好，一看就可以看出，這個人和我十分相似……嗯，可以說簡直一模一樣。這是不是說明，古代有一個人，和我長相一樣？」

我想了一想，才道：「如果那個人進入古代，是真正回到古代的話，可以那麼說。」

金大富又乾笑了兩聲：「中國人多，上下幾千年，有相貌相同的，倒也不算奇怪，孔子也曾給人誤認為陽貨，他們還是同時代的人哩！」

我指着畫道：「你注意這幅，畫中那人的神情！」

金大富深深吸了一口氣：「這人……驚怖欲絕，他一定看到了極其可怕的事。」

我一字一頓：「如果這個人就是你——實際上，你和這人的樣子一樣，你會在看到什麼情景時，才會現出這樣驚駭的神情來？」

金大富呆了一呆，忽然嘆了一聲：「衛先生，我要不客氣地說，你的問題……太無聊了！」

我沉聲道：「不，一點也不無聊，而且很有道理，你先回答我！」

金大富低下頭片刻，才搖了搖頭：「我無法作出任何設想。只要是可怕的事，我看到了之後，就自然會現出害怕的神情來。」

我點了點頭，他的回答十分合理，於是，我問出了第二個問題。

十八

我的第二個問題是：「金先生，上次你離去的時候，在我的門口，曾見過一個很秀麗的女郎，你和她隔着車子，打了一個照面！」

我預計，當我説到陳麗雪時，他一定會感到震動，因為當時他和陳麗雪一打照面，單從他的背影上，也知道他驚駭欲絕，後來陳麗雪也證明，他當時驚駭的神情，正如那幅畫一樣！

可是出乎我的意料，當我説到一半時，他就現出十分奇特的神情來，等我説完，他直視我了幾秒鐘：「衛先生，我不知道你在説些什麼。」

我在剎那之間，感到十分冒火，可是我隨即想到，這是明明白白的事實，他實在沒有必要抵賴，其中一定有原因在！

所以，我又把問題問了一遍。這時，白素也覺得事情十分古怪，她只和我交換了一個眼色。

金大富連連搖頭：「我沒有在府上門口，見過什麼俏麗的女郎！」

他回答得如此肯定，令我心底甚生出了一股寒意——那時，陳麗雪明明在他的對面，他絕不可能看不見她，而事實上，正是因為他看到陳麗雪，才會如此驚恐的，現在他卻矢口否認，難道陳麗雪所憂慮的是事實，在一剎那間，金大富看到的她是怪物？

我揮了一下手：「當時你倒退着走，我看你出去，你不斷在說『留步』，然後轉過身去，你在那時，看到了什麼？」

我這一問題出口，就知道問中了要害，因為金大富陡然站起來，身子發着抖，雙手無目的地揮動着，喉際發出了「格格」的聲響，白素一見這情形，立即斟了一杯酒，遞給了他。

他接過酒來，那半杯酒，由於他手在發抖，有四分之一杯灑了出來。他把酒一口吞下去，才顫聲道：「那……不是我的幻覺，你……也看到了？你……竟然也看到了？」

我搖頭：「我看到的只是隔着車子、和你面對面站着的一個俏麗的女郎，可是你一看到她，就驚駭莫名，神情就和那幅畫一樣！」

金大富的聲音就如同他在夢遊：「我沒有看到什麼……女郎，我一轉身，就看到……看到前面十分黑暗，像是一個巨大的黑色的洞——」

（他這個幻覺，和金美麗十分相若。）

他說到這裏，發出了一陣類似嗚咽的聲音，哀求似地望着我。我明白他的意思：「不行，你一定要說出來，照實說！」

金大富又呻吟了一聲：「我……奇怪怎樣天一下就黑了，忽然就在黑洞中……有景象現出來，我……看到了……看到了……」

他突然停了下來，大大吸一口氣：「那只不過是我的幻覺，我自己知道，當時雖然令我極害怕，但那只不過是幻覺，我是不是可以不說了？」

我斬釘截鐵：「不行，要說！」

他站了起來，叫：「那只是幻覺！是我在那地方看到過的情景的重現，沒有什麼大不了，我……在一間房間中，是一個瘋子……」

我冷冷地道：「單是這樣，不會令你害怕成那樣！」

我當然料中了，金大富開始急速喘氣，然後狠狠地道：「衛斯理，你不是人！」

我冷冷地道：「別管我是什麼，別忘記，只有我能幫助你！」

金大富長嘆一聲，面如死灰，白素又給了他一杯酒，他喝了之後，才結結巴巴地道：「我在那地方看到的情景已經夠可怕的了，誰知還沒有看全……我一出門，才轉過身，眼前那個大黑洞中現出來的情景是……是……我突然把我自己的頭……扭了下來……然後……用兩膝夾住了我自己的頭，用雙手去扯我的嘴……當我這樣做的時候，我可以看到斷頭之中，鮮血在咕嚕咕嚕的轉，卻又不噴出來，我拚命扯我斷頭的嘴，斷頭……居然還會拚命眨着眼，這情形……」

他說到這裏，雙手掩住了臉，再也說不下去了。

我和白素聽到這裏，也不禁呆住了說不出話來！

這種情形，單是想一想，就足以使人心寒，在鬼故事中，每每有「把頭搬下來梳頭髮」的場面，已經夠叫人恐怖的了，而金大富卻是把自己的頭搬了下來，再用自己的手，去扯自己的嘴。

在一剎那間，我的視線不由自主掃向金大富的口角，金大富像是遭到了雷殛一樣，直彈了起來，他顯然想說些什麼，多半是想叫我別看他的嘴，可是他只發出了一陣可怕之極的呼叫聲，因為他的口部，這時正呈現一種異樣的橫向擴張——恰如有什麼力量正在向兩邊用力扯他的嘴角一樣。

我一見這等情形，也直跳了起來，那時金大富雙手亂搖，並沒有在扯他的口角，他的口部這樣畸形，自然是他的心理作用，我想安慰他幾句，先令他鎮定下來再說，可是我一開口，所說的話，連我自己也感到意外，我非但沒有安慰他，反倒在問他：「你在把頭搬下來，扯自己口角的時候，感不感到疼痛？」

金大富的身子，陡然向上挺了一挺，他的神情怪異莫名，他終於叫出一個字來：「痛？」

我這時思緒極其紊亂，許許多多在這時候不應該想起的事，卻紛至沓來，一起湧上了心頭，我想到陳麗雪說過的，在「地獄」之中，遭報應的——她舉的例子是上刀山下油鍋的，必然會有極度的痛楚，不然，報應還有什麼意思？而那種痛楚，必然是若干時日之前，遭報者曾施於他人身上的！

（或許正是由於想到了這一點，我才會問金大富是不是感到痛楚。）

我又想到金大富的話多少有點矛盾，他剛才顫聲敘述之時，曾說「斷頭……居然還會拚命眨着眼」，而當時的情形，他是把自己的頭摘了下來，夾在雙膝之間的，他的脖子上並沒有長出另一顆頭來，那麼，他是用什麼來看到他被夾在雙膝之間的頭還在眨眼的？

他的形容不是很具體，事實上是不是他感到自己被摘下來的頭在不斷眨眼？

我又想到，他在車子之前，看到了陳麗雪的那一剎那間，曾有一個十分怪異的動作——他的頭曾以一種十分可怕的角度異樣地下垂，給人以頭骨斷折之感，是不是就在那時候，他的頭被「摘了下來」？

陳麗雪明明就在他的面前，和他只不過隔了一輛車子，可是他卻根本看不到陳麗雪，看到的只是一個大大的黑洞，一個有着可怕幻象的黑洞！

我進一步想到，這一點，倒和金美麗所說的近似，金美麗一進那精品店，也沒有見到陳麗雪，見到的，也是一個又深又黑的大洞！

看來，陳麗雪的擔心，也不是全無道理——在一些人，至少是金大富和金美麗的眼中，她不再是一個人，只是一個會生出幻覺的大黑洞，若是陳麗雪知道了這一點，不知道心理上是不是負擔得起？

總之，我在那一剎那間，想到的雜亂無章的事多到了極點，還有許多念頭，一閃即過，事後再想捕捉，都無法記憶，可是當時又確然曾想到過，我那時的情形，就像是忽然什麼都已失去控制，那令我感到了極度的不安，勉力鎮定心神，總算可以控制着自己，發出了一下喊叫聲來。

我的那下喊叫聲，是和金大富的又一下喊叫聲同時發出來的。

金大富喊叫的，仍然是：「痛？」

他在那樣叫的時候，雙眼睜得極大，眼珠像是要奪眶而出，神情極可怕，他的雙手緊握着拳，手指節在發出「格格」的聲響，他尖聲叫：「痛？要是痛，那倒好了，我寧願痛！痛總比怕好！」

他聲嘶力竭地叫着，我在喊叫了一聲之後，出奇的平靜，我冷冷地道：「真到了那時候，你一定會感到痛，刺心刺肺的痛！」

我這時對金大富所說的話，正是陳麗雪對報應的「理論」，語一出口，我自己也不禁吃驚，不知道自己是在什麼時候起，這樣毫無保留地接受了陳麗雪的理論！

我在這樣說的時候，聽到白素叫了我一聲——那時，我在高聲叫，金大富也在尖叫，並且發出可怕的喘息聲，十分刺耳。我這句話一出口之後，陡然靜了下來。

金大富後退幾步，看樣子，他是想退到沙發前坐下來，可是他竟然未能如願，在沙發前，他整個人都軟了下來，像是一大堆濕的麵粉糰，一下子就軟倒在沙發前，張大了口，出氣多，入氣少，他的雙眼，也變成了一種可怕的死灰色。

那雙死灰色的眼珠轉向我，他居然還能出聲：「會……真會有……這種情形？」

我冷冷地道：「當然是，不然，你怎會在那地方看到這樣的情景？」

金大富仍然盯着我，忽然伸手指向我：「你知得那麼多，你一定有辦法——」

他說到這裏，陡然跳起，向我撲過來！白素急叫：「金先生，別——」

白素多半想用言語阻止金大富的行動，可是當然是我的行動有效得多，當金大富一撲到我身前時，我揚手就是一掌，重重打在他的臉上，打得他身子一側，倒在地上，他在地上掙扎着，半邊臉也腫了起來，他望向我，雙手在空中亂抓，聲音很可怕：「對不起。我……實在急了，我實在急了！」

白素責備地瞪了我一眼，我向金大富揮了揮手，直截了當地道：「你帶我到那地方去，我絕不保證我能夠幫你什麼，可是我一定盡力！」

金大富一聽得我這樣說，雙手抱住了頭，長長地吁了一口氣，緩緩站了起來，才垂下了雙手：「你肯幫我就好，衛先生，你肯幫我就好！」

我指着他，先示意他坐下來，白素斟了一大杯酒給他，他兩口就喝完，臉色卻更青，所以適才捱打的地方，也就格外紅得可怕。

我用十分嚴峻的語氣對他說：「你在那地方看到的一切，我認為那是許多人的下場，也就是說，是一種報應；報應有好報和惡報，在那個地方顯示的，全是惡報！」

金大富怔怔地望着我，臉色愈見灰敗，他口唇顫動，喃喃的道：「報應……惡報……」

我絕不同情他：「你自己應該知道，你曾做過什麼事，才會有這樣的報應！」

金大富這時，還沒有坐下來，一聽得我那麼說，他直上直下，像殭屍一樣，跳了一下。

隨着他的一跳，他喉際發出了「咯」地一聲響，結結巴巴地道：「人……總有點虧心事，誰都不能免，我想……衛先生你也……」

我怒斥：「你想胡説八道什麼？」

金大富急速地喘着氣，在接下來大約一分鐘的時間內，他一直在喘氣，而眼珠則急速地在轉動。我和白素互望了一眼，都知道他一定正在想些什麼，然後，他漸漸恢復鎮定，想來也直到這時，他的臉上被掌摑處才感到了疼痛，他伸手捂在臉上，説話的聲音，居然也恢復了鎮定：「情形很怪，衛先生肯到那地方去，我相信以衛先生的神通廣大，一定可追查個水落石出的！」

白素半轉過身，悄悄向我作了一個手勢，恰好我心中也有同樣的想法，所以一看就明白她的手勢的意思：金大富是一個十分厲害、不擇手段的人物，和他在一起，長途跋涉，要小心一些！

我一揚眉，作了一個「你放心」的神情，白素手翻了一下，多半是要我別在「陰溝裏翻了船」，我聳肩笑了一笑。

在我和白素「眉來眼去」的短暫時間中，金大富更加鎮定了很多，他竟然會問：「衛先生，剛才你提到過，上次我告辭時，應該見過一個十分俏麗的女郎？」

我冷冷地道：「忘了那女郎吧，只當我沒有提起過。」

金大富神情十分疑惑，但是他卻順從地沒有再發問。他又喝了一口酒：「衛先生準備什麼時候啟程？我隨時可以走的！」

我沒好氣；「急什麼？不是明年才輪到你變成瘋子嗎？下個月吧？」

金大富哭喪着臉：「衛先生……需要時間……和外星朋友聯絡？」

我怒道：「我沒有和外星人隨時聯絡的本事，那地方是不是和外星人有關，我也不知道，我愛什麼時候去，就什麼時候去，你只管什麼都準備好，等着我！我一聲說走，就走！」

金大富一疊聲地答應着：「是！是！是！」

我揮了揮手，表示和他之間沒有什麼可說的了，金大富沒趣地站了起來，有禮地告辭，走出書房去。白素向我望過來，我示意不必送了，讓金大富自己走就好了，白素也就只走到書房門口，我聽到大門打開的聲音，可是不一會，就聽到金美麗的聲音：「衛先生、衛夫人，我可以進來一會？」

我和白素都看到金美麗站在門口，雙手互握着，放在胸懷，十分焦急。我還沒有出聲，白素已連聲道：「請進，請上來！」

金美麗立時走了進來，在樓梯口略停了一停，才急急走了上來。

她在書房門口，又停了一停：「是不是有些十分怪異的事，發生在我和我父親的身上？」

幾句話，我幾乎要衝口而出了，可是硬生生地忍了下來。

我本來想說的是：「也沒有什麼怪異，好有好報，惡有惡報，幾千年來，都是那樣！」

白素像是知道我有可能會說出那樣的話來——如果我真的說了出來，金美麗自然必定會查根問底，那就會十分難以解釋，所以白素有點緊張，急不及待地反問：「你感到有什麼怪異之處？」

金美麗蹙着眉：「我感到……我父親像是……生活在一股巨大的恐懼壓力之下？」

白素企圖輕描淡寫：「現代人，誰不是生活在恐懼的壓力之下？」

金美麗望了白素片刻，從她的神情之中，可以看出她對白素多少有點失望，她搖着頭：「不是這樣，是真有事情，令我父親感到恐懼。」

白素還想說什麼，我覺得像白素那樣，一味敷衍她，不是辦法，既然她自己也已經有了那麼強烈的感覺，那麼把事情攤開來說，只怕還好得多，所以，我一面向白素使了一個眼色，一面已搶着道：「金小姐，先別理會令尊，談談你自己的感覺！」

我的話，顯然起了作用，金美麗一聽，就皺起了眉，神情十分悵然，又有點恍惚。她先是無意識地揮了揮手，幾次想說，又沒有出聲，然後向我望來，我道：「事情可能很複雜，不是十分容易形容，你不妨慢慢說，想到什麼，就說什麼。」

金美麗大為駭然，失聲道：「你……你知道了多少？」

我鎮定地道：「我什麼也不知道，要靠你告訴我！」

金美麗以手加額，身子搖晃，看來有點站立不穩，白素趕過去扶住她，在一張椅子上坐了下來。坐下來之後，她深深吸了一口氣，俏臉雖然蒼白，可是神情已經相當鎮定：「我……最近，有許多莫名其妙的幻覺，竟到了不可遏制的地步。」

白素提醒她：「是從那次進入了那家精品店，有了那種可怕的幻覺之後才發生的事？」

金美麗點頭：「是，那種可怕的幻覺一直在折磨着我，而且……而且……」

她說了兩個「而且」，卻又沒有了下文，只是等着我們的意見。白素緩緩地說道：「你那次的幻覺，確然十分可怕，不過也沒有理由長期糾纏着你，因為幻覺中的情景，十分無稽！」

金美麗垂下了頭一會：「衛先生、衛夫人，前一兩天，我去求教一位心理醫生——」

我聽到這裏，就悶哼了一聲——並不是我對心理醫生有什麼成見，而是我很清楚地知道，金美麗的情形，絕不屬於心理學的範疇，而是一種十分神秘莫測的因果報應，心理學家自然無法滿足她。

白素很好耐性：「心理學家怎麼說？」

金美麗轉述着心理學家的話——心理學家的話，也很合理，可是無法解決金美麗精神上的困擾。

心理學家這樣說：「現代生活，愈來愈是緊張，對心理上所形成的壓力，也愈來愈大。所以，每一個人，都或多或少，有着間歇的、不斷發生的、對未來充滿了空虛的、無依的、恐懼的幻想和感覺，這種恐怖的幻覺，更形成巨大的壓力，周而復始的累積，會達到使人精神崩潰的程度。大多數人，都把自己對未來的恐懼，當作是一個人最大的秘密，藏在心底深處，絕不向任何人透露一個字，這就更形成精神上的折磨，所以，應該把恐懼毫無保留地說出來，才會減輕壓力。金小姐，使你感到恐懼的幻覺，內容一定相當豐富，可以告訴我？」

心理醫生十分懂得誘導，金美麗自然把她那可怖的幻覺說了出來，心理醫生自然有他的一套分析方法，從金美麗的家庭背景、社會環境分析起，說得頭頭是道，但也正如我一早所料到的，全然搔不到癢處，也未能使金美麗免於恐怖幻覺的折磨。

金美麗敘述着她去求教心理醫生的經過，我和白素都沒有表示什麼意見，等她講完之後，她望着我們，我們也望着她。

過了一會，她才道：「心理醫生的分析雖然有道理，但是……對我來說，一點幫助也沒有！」

金美麗在這樣說的時候，右手無助地揮動着，也現出十分徬徨無依的神情，白素握住了她的手，在她的手背上輕拍着，使她鎮定下來。

然後，白素的話中略帶責備：「你要別人解決你心中的問題，首先，就必須把你自己心中所感到的，全告訴別人！」

白素的責備並不算是嚴厲，可是，已足以令金美麗漲紅了臉，她想為自己分辯幾句，白素卻不肯給她這個機會——白素的語音十分輕柔，可是她的語意十分堅決：「你剛才一連說了兩個『而且』，卻沒有了下文，金小姐，而且什麼？」

金美麗沉默了片刻，緩緩縮回手來。

十九

我和白素都等着她作進一步的說明，她卻忽然笑了起來，雖然她的笑容之中，多少有點無可奈何，可是還是十分爽朗明麗：「說起來很無稽，我其實一點也不相信，可是又有一種強烈的感覺，感到那種可怖的幻覺，有朝一日，會成為事實！」

我和白素，在那一刻間，都感到了一股極度的寒意，一時之間，說不出話來——那自然是由於金美麗話，帶給了我們相當程度的震撼之故。

她雖然不相信，可是仍然有強烈的感覺，感到她恐怖的幻覺，會變成事實！

我相信白素和我一樣，一定有着思緒上的紊亂：金美麗這樣說，究竟是什麼意思？難道真的會有一個巨大的「碎肉機」把她身體磨成肉醬，只剩下一個頭？還是那只是象徵式的，象徵她會遭受到巨大的痛苦，那種痛苦，相當於全身被磨碎？我和白素出不了聲，這種反應，頗出乎金美麗的意料，她一面笑，一面道：「怎麼啦？你們兩個，不是真以為我會被一座碎肉機磨碎吧？」

我吸了一口氣：「你自己的感覺怎樣？是真的被磨碎，還是象徵式的？」

金美麗側頭想了想：「說不上來……不過這種感覺，令人十分不快，我竭力想驅走這種感覺，可是驅不走，我明知那是十分無稽的幻覺，可是……卻已十分恐懼它的降臨！」

我和白素互望了一眼，白素道：「或許正是心理醫生所說，每一個人都有心理上的壓力——」

我一揮手，打斷了白素的話頭——一開始，在對付金美麗的態度上，我和白素就有着很明顯的分歧（很少有這種情形，少到幾乎沒有），這時我大聲道：「別聽心理醫生的胡說，金小姐，你可相信報應？」

金美麗陡地震動了一下，剎那之間，她有極短時間的迷惘，但是接着，她就忍不住哈哈大笑了起來。她的笑聲毫不做作，可知她是真正對我的問題感到了好笑。

金美麗一面笑，一面指着我：「衛先生，你不是在説我做了什麼壞事，所以要遭到身子被磨成肉碎那樣的報應吧！」

白素在這期間，頻頻向我使眼色，可是我不理會，寒着臉，望着金美麗，雖然我沒有説什麼，可是我的態度，分明擺着一副直認不諱的樣子！

金美麗仍然笑着，神態輕鬆地聳着肩：「衛先生，我才過二十一歲生日，在我的記憶之中，並沒有做過什麼壞事，雖然有不少一厢情願的男孩子説愛我，得不到我的愛就要自殺，也有幾個付諸實行的，但結果仍然是喜劇收場，我為什麼要受那麼嚴酷的報應？」

金美麗的責問，幾乎是無法回答的，要不是陳麗雪曾告訴過我她回到古代的經歷，我也一樣無法回答。我仍然望着她：「今世你或者沒有做惡事，可是你的前世，再前世，必有一個時期，行過大惡。」

白素嘆了一聲。我知道，她並不是不同意我的話，而是她知道，我的話，必然無法為現代青年如金美麗這樣教育背景的人所接受！

果然，金美麗一聽，就放肆地大笑起來。她本來是坐着的，一面笑，一面已霍然起立，大幅度揮着手，笑聲不絕，已向着房門口走去。

走到了房門口，她才道：「對不起，真對不起，打擾兩位了！」

她仍然笑着，已走出了書房，轉過身來，望了我一眼，我沉聲道：「你心中對我有什麼非議，只管直說！」

金美麗又一揮手，美麗的臉龐上，現出了一副不屑的神氣：「只怕是我不好，不關你的事，我以為在你這裏，可以有合理的解釋，可是結果，我只聽到了我有生以來聽過的最無稽的話！」

我冷笑：「請指出我剛才的話中，具體的無稽之處！」

金美麗呆了一呆，一時之間，她倒也說不出來，我走向門口：「你否定人有前生來世？」

金美麗一昂首：「這是一個爭論下去、永遠不會有結論的問題。」

我指向她：「不必爭論，如果你不肯定這一點，發生在你身上的事，永遠無法解釋！」

金美麗望了我片刻，才一字一頓地道：「好，那麼我的前生，再前生，或是再再前生做了什麼壞事？殺人放火，姦淫婦女，是採花大盜，還是誤國的奸賊，而要受到這樣的報應？」

她咄咄逼人，我自然答不上來，只好道：「細節，我還不知道！」

金美麗得勢不饒人：「大概呢？」

我沮喪之至，陳麗雪在古代的經歷中，只看到她在一隻木製的浴盆中洗澡，別的什麼也不知道！所以我只好道：「也不知道！」

金美麗的神情充滿了嘲弄：「那不是太不公平了嗎？」

金美麗說：「到有朝一日，我眼睜睜看着自己的身體被磨成了肉碎，可是我全然不知道為了什麼，才會遭到那樣可怕的報應！」

我為之語塞——在我的一生經歷中，絕少出現這樣的情形，可是這時我實在不知說什麼才好，因為我自己對於報應，也是一樣全然不知是怎麼一回事！

可是，也就在那一剎那間，一句話衝口而出——當我說這句話的時候，甚至有這句話不是我說的感覺，或是我根本沒有想到過，卻突然說了出來。我說的是：「善惡到頭總有報，到那時候，你一定會知道的！」

話一出口之後，三個人盡皆愕然（連我自己在內），金美麗倏然揚眉：「有什麼根據？」

我再度苦笑，仍然是那三個字：「不知道！」

金美麗學着我：「不知道！不知道！什麼都是不知道，這是什麼回答？」

我強抑着怒意：「就是這個回答，不知道就是不知道，這是最正確的回答！」

金美麗看出了我大有怒意，可是她一點也不示弱（我十分欣賞她這一點）：「那麼，要什麼時候，什麼情形之下，才會『知道』？」

我本來的回答，仍然是「不知道」，可是在快要叫出這三個字之際，我卻把這三個字強吞吞了下去，因為我想到，金美麗心理上的壓力極大，她不會有心情來欣賞語言上的幽默了！

而且在她美麗的臉龐上，倔強的神情下，我已看出了隱藏在她內心深處的那種恐懼和悲哀，這也令得人對她十分同情，所以我嘆了一聲：「現在我不能肯定，不過根據令尊提供的一些資料——」

我才說到這裏，金美麗就緊張之極，連聲音都變了，急急地問：「我父親提供了什麼資料？」

我向白素望去，詢問她的意見：是不是要對金美麗說有關她父親的事？

白素低嘆了一聲：「已經說了那麼多，就不如一併說了吧！」

金美麗有着明顯的敵意，一副「看你們能編排出什麼來」的神情。我這時，情緒也變化得很厲害，剛才，我對金美麗十分反感，可是這時，又對她相當同情，不去跟她計較！

（還記得陳麗雪的情緒變化嗎？她忽而十分激動，接近殘酷地大發有關報應的議論，但忽然之間，又不知自己說了些狠心的話。）

（我這時的情形，大致相同——那是當時的感覺，後來，才知道不是「大致相同」，而是一模一樣！）

我向金美麗作了一個手勢：「我先想知道令尊有沒有和你講過他的一些經歷？」

金美麗搖頭：「沒有，我知道他有巨大的精神壓力，可是不知內容。」她講到這裏，略停了一停：「就像他不知道我也有那麼可怕的幻覺，會被磨肉機磨成肉碎！」

金美麗人十分聰明，她忽然又問：「我父親的幻覺是什麼？可怕？」

我緩緩點了點頭，把金大富告訴我的一切，都轉述出來。

金美麗愈是聽，敵意愈是減少，到後來，代之以駭然欲絕的神情。

當我説完之後，她身子不由自主不住地發着抖，過了好一會，才抬起頭來，不斷地搖着頭，顯得十分激動：「太不公平了！把上一輩子，甚至更久以前發生過的事，算在今生的帳上，那太不公平了！」

我嘆了一聲：「只怕冥冥中主持果報的那股力量，不和你這樣算法，他們算的是總帳，一筆一筆記着，什麼時候該報應了，就一起算！」

金美麗用力一揮手：「我不信，我根本不信！」

我的回答，自然大大出乎金美麗的意料，我説道：「我同意你不信，你最好徹底不信，從心底深處，把一切都當成是幻覺，那麼你的壓力自然也消失了！」

金美麗睜大了眼睛望着我很久，問了一句：「衛先生，你究竟是相信有報應，還是不相信？」

我立即回答：「我相信——可是其間有大多我不明白的事，別進一步問我！」

金美麗垂下了頭好一會，一動也不動，她的這種姿態看來十分楚楚可人，白素在一旁，忍不住輕輕撫着她的頭髮。

等到她終於又抬起頭來時，她有着經過努力之後，勉強達到的鎮定：「有兩個問題，我還是非問不可。」

我沒有什麼反應，因為我知道，她的問題，我唯一的答案，就可能是「不知道」。

不過白素鼓勵她發問，白素道：「請說，我們可以一起琢磨一下。」

金美麗深深吸了一口氣：「如果說冥冥中有一股力量，剛正不阿地在主持着因果報應，那麼，應該所有的人都不能避免？」

白素低聲道：「豈止所有的人，簡直是眾生皆不能免！」

金美麗陡然提高了聲音：「那麼，為什麼只有我們父女兩人，要受到這樣的折磨？」

我和白素，不約而同長嘆了一聲，這證明我們在聽了金美麗的問題之後，反應是一致的。我性子急，就搶着說：「別人有這樣的精神折磨，你又怎知道？人人都有精神負擔，每個人或多或少都會有相當恐怖的幻覺，那麼多精神病患者，是怎麼來的？城市的神經衰弱者，佔總人數的一半以上！」

白素接着說：「你們父女兩人的幻覺，可能特別強烈，那也沒有什麼特別，任何現象，總有一些典型的例子，不過恰好發生在你們的身上而已。」

突然之間，我對金美麗的同情心又消失，所以說出來的話，也有幾分敵意。「或許是你們父女兩人所作的惡特別巨大，種下的惡果也特別深，所以才會有現在的這種情形！」我說。

金美麗俏臉煞白，一昂頭：「第二個問題是，那個又聾又啞的女人，是什麼……東西？為什麼我和我父親，一見了她就會有那樣的幻覺？」

我悶哼了一聲：「在那個又聾又啞的女人來說，她對你們的幻覺更多，她在幻覺之中，進入古代，看到過你和你父親。」

金美麗在一剎那間，現出了迷惘之極的神情，用力揮着手，過了好一會，才恢復了常態，笑了一下，掠一掠頭髮：「真對不起，衛先生、衛夫人，我要告辭了，我發覺，我們……無法繼續交談下去。」

我知道她的意思，立時道：「對，我們對一些事的觀念，截然不同。」

金美麗的神情激動：「我站在現代的立場，科學的立場，而你們恰好相反。」

我冷笑：「對於明顯存在的事實，不是傾力去研究，而只冠以不科學的稱號，這種態度，就是不科學。」

金美麗的聲音十分尖厲：「什麼叫明顯的事實？難道我的身體，真會成為肉碎？」

我聲音更冷：「令尊在那個地方，曾清楚地見過許多人的下場。」

金美麗一扭身，急速地走了出去，到了門口，她並不轉過身來，聲音仍然十分尖：「衛先生，我發現你心理有點不正常。」

我怔了一怔，我不知曾接受過多少指責，但是責我「心理不正常」的，還是第一次。

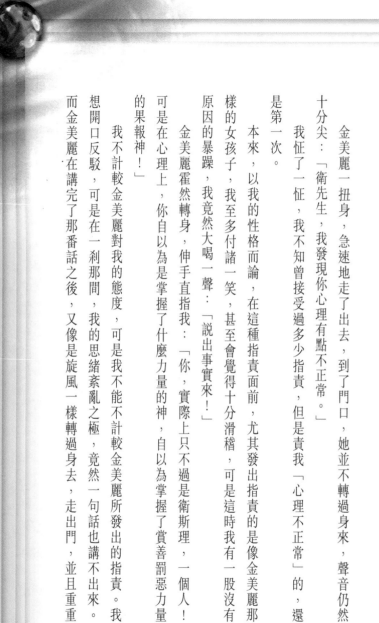

本來，以我的性格而論，在這種指責面前，尤其發出指責的是像金美麗那樣的女孩子，我至多付諸一笑，甚至會覺得十分滑稽，可是這時我有一股沒有原因的暴躁，我竟然大喝一聲：「說出事實來！」

金美麗霍然轉身，伸手直指我：「你，實際上只不過是衛斯理，一個人！可是在心理上，你自以為是掌握了什麼力量的神，自以為掌握了賞善罰惡力量的果報神！」

我不計較金美麗對我的態度，可是我不能不計較金美麗所發出的指責。我想開口反駁，可是在一剎那間，我的思緒紊亂之極，竟然一句話也講不出來。而金美麗在講完了那番話之後，又像是旋風一樣轉過身去，走出門，並且重重地把門關上。在她走了之後，我的思緒仍然沒有回復正常。我迅疾無比地想着她的指責，同時自己問自己：我真的把自己放在有賞善罰惡力量的掌握運行報應的「神」的地位了？

我當然沒有這樣的地位，可是為什麼忽然會表現出完全同意陳麗雪的見解？為什麼會那麼肯定會有極可怕的報應降落在金大富和金美麗身上？為什麼當我出現這樣的情緒之際，我竟然無法控制自己？

我曾幾次問陳麗雪（白素也問過），在她回到古代的經歷中，她是一個什麼樣的角色，什麼樣的身分。

陳麗雪的回答十分模糊，並不具體——那和我現在的思緒紊亂相同。她說在那時，她好像掌握了什麼力量，對於有惡行的人十分痛恨，那麼，是不是她才是負責報應運行的果報神？

我在一剎那間，想得既雜亂又多，直到我不由自主連喘了好幾口氣，才告一段落。我抬起頭來，發現白素已望着我，我忙道：「這小姑娘的指責……怪得叫人來不及回答。」

白素諒解：「只怕現在的指責，多少有合乎事實之處。」

我指着自己的鼻尖：「我怎會以為自己是神？」

在過去的一兩分鐘之中，白素一定想到了和我同樣的問題，所以她的回答是：「陳麗雪也不以為自己是神，可是她就有了神奇的感應，我想，是一股不知什麼力量，影響了你的腦部活動，使你產生了許多新的、怪異的想法。」

白素的解釋十分易於接受，我表示同意道：「而這股力量，才是真正的果報神！」

白素「嗯」地一聲：「可以這麼說，怎麼稱呼都一樣，總之是掌握報應的一股力量。」

我嘆了一聲：「如是因，如是緣，如是報。」

我念的是佛教的《法華經》中的經文。白素也嘆了一聲：「因為我們眾人，必要在基督台前顯露出來，叫個人按着本身所做的，或善或惡受報！」她念的是基督教新約〈哥林多後書〉。

既然有報應，也必然有專司運行報應的力量。那力量，自然絕不屬於人的範疇，而屬於神的範疇。

都承認有報應。

這時，我已經十分心平氣和，如果金美麗還在我的面前，我必然會這樣回答她：「你錯了，我沒有在心理上認為自己是掌握報應力量的神，只不過這股力量是如此強大和不可抗拒，感染了我，使我覺得應該根據它的意志來行事，那甚至是宇宙之間許多事情運行的規律，如果沒有了這種規律，一切規律也都不再存在，宇宙之間，就再也沒有了秩序！」

金美麗已經走了，我自然沒有把這番話説出來，只是在心中默念了一遍。

對白素來説，我想到了什麼，她可以料得到，我們的思路又接近，她自然也想到了同樣的結論，所以她自然而然地點着頭。

我忽發奇想：「這股力量，本來是集中……在一個不知什麼樣的情景之中的，會不會是忽然有了什麼意外，泄露了一點出來，影響了幾個特別敏感的人，例如陳麗雪、金大富父女、我？」

白素想了好一會，她想得十分認真：「有可能。本來，一切報應的運行，都和人無關，是另一股力量在操縱的。偶然的機會，天機泄露了，所以人間才有人感受到。」

我用力一揮手：「那麼，金大富所說的那個地方——」

白素立即接了上去：「不能稱之為外星人的基地，應該稱它為——」

我也立即接口：「應該稱作果報神的宮殿！」

二十

我那句話，說得十分大聲，話一出口之後，竟然有人又接口，那並不是白素的聲音。

接口者的聲音發自門口——他才開門進來，那是胡說，他和溫寶裕、良辰、美景等幾個小朋友都有鑰匙，可以自由進出。

胡說在門口朗聲道：「如果有果報神的宮殿，那麼，有人，可以說是從神宮中逃落凡塵的神宮使者。」

我和白素都向胡說望去。胡說的話，雖然無頭無腦，可是我們一聽就懂，因為《西遊記》的故事深入人心，個個都知道。

《西遊記》中的典型故事是：天上什麼宮殿——或是太上老君的兜率宮，或是玉皇大帝的凌霄殿之中的某一個能使神仙，大多數是使者、丫環之類，也有甚至是禽獸器物的（例如太上老君的青牛，洪鈞老祖的拐杖），忽然離開了神的宮殿，來到了凡間。

從神界到人界的過程如何，中國傳統小說中照例含糊其詞，不清不楚，例如天界的天蓬元帥，到了人界，竟然誤投了豬身，可是又維持着人的身體。這個豬頭人身的怪物，中國人無有不知他的大名。

下了凡間的，原本具有神的身分的，大都成為妖魔鬼怪，興風作浪，如豬頭人身的怪物大鬧高老莊，但是也有一些在人間執行天界的規律，把天界的善惡法則，在人間實施。

這一切，作為中國人，人人耳熟能詳，胡說這樣說，我和白素都能明白，可是他為什麼忽然要這麼說，我們在乍一聽到之時，莫名其妙。

我一面迅速地轉唸，一面望向他：「有人？什麼人？」

胡說的回答，倒並不出乎意料：「陳麗雪。」

有一個短暫時間的沉默。

胡說離去，去找陳麗雪，是因為陳麗雪的敘述，使我們感到她有隱瞞的成分，所以胡說便自告奮勇，去問個究竟的。

我們有懷疑的，是陳麗雪在回到古代時，經歷了那麼多幻覺一樣的事，在當時，她所擔當的究竟是什麼角色？

胡說和她長談之後，應該有答案才是——他的確有了答案，他的答案是：

陳麗雪是天神宮殿之中下凡的使者！

這樣的說法是什麼意思？

當我們一起向胡說望去的時候，雖然沒有問出來，可是胡說自然知道我們心中的疑問。

胡說坐了下來，皺着眉，他並不是性子急的人，和溫寶裕不同，這時，看他的情形，可以看出他思緒也很亂，要思索一下，或是組織一下，才可以有條理地把他要說的話說出來。

我和白素都沒催他，我們互望了一眼，都根據胡說剛才那一句話的提示而思索着，同時，發表着我們的意見，白素先道：「看起來，陳麗雪在古代，擔任了相當重要的任務，她在古代，或許沒有獎善罰惡的力量，但是至少有鑒定善惡的力量，把她所見到的好的行為和壞的行為，記錄下來。」

我同意白素的見解，但是有所補充：「不會那麼簡單，如果她只是一個旁觀者，金大富父女見到她，就不會那麼害怕！」

白素「啊」地一聲：「不單是古代，就算在現代，也是一樣，她對某些人來說，有特殊的意義，那些人……是……是……」

我接了上去：「是快有惡報的人！」

白素不由自主的吸了一口氣：「對，是快有惡報的人，或者是終於要有惡報的人，見到了她，就會看到自己可怕的下場，所以才駭然欲絕！」

我也大是震驚：「那麼，她……她是……」

胡說在這時，才開了口：「她雖然不知道自己為什麼會這樣，可是照我的分析，她來自一個專司報應之神的宮殿，所以才有這種力量！」我和白素都默然不語。

事情會有這樣的發展，那是我和白素事先都預料不到的！

金美麗臨走的時候，曾指責我自以為是果報神，我當然不是，從種種迹象來看，陳麗雪卻是！

她從古到今，察看着發生過的種種人類行為，然後，給做出這種行為的人警告，使被警告的人在接受到警告的一剎那，感到了極度的恐懼。她的警告，並不是虛言恫嚇，而是實實在在的一種感覺！

至於接受了警告的人，是不是從此有所警覺，而悔悟，或是即使悔悟，也於事無補，那似乎不是她的職責範圍了！

突然之間，我把「職責範圍」這個詞思索了好幾遍，不禁又生出了一種異樣的感覺——當我想到這個詞的時候，心理上自然已經肯定陳麗雪必然和因果報應的運行有關，是冥冥中主宰着「或善或惡受報」的力量的一分子！如果那股力量是一個組織，那麼，陳麗雪就是這個組織中的一員！

借用金美麗對我的指責來看陳麗雪，她就是在表面上一個聾啞女子，是一個普通人，在實際上，她卻有專門的職責，她負責了整個報應的運作中的某一部分工作——這份責任和工作，絕不是來自人界，而是來自神界的！

她是人，可是負有神界的責任！

我把我想到的最後結論，大聲叫了出來。

白素深深吸了一口氣，顯然她和我同樣得到了這樣的結論。

胡說也發出了一下驚呼聲：「兩位的結論……正是我在陳麗雪處得到的事實，可是有一點十分奇特，她有時感到自己有職責在身，但在更多的時候，她十分討厭自己有這種職責，也就是說，她並非自願擔任這種任務的！」

我和白素異口同聲：「她的具體任務是什麼？」

胡說苦笑了一下：「她自己也說不上來，她只是有一種強烈的感覺，感到她必須十分嚴正地確認善惡也有報應，而且絕不同情有惡報的人——任何報應，都天公地道，絕不冤枉！」

我一字一頓：「這樣說來，她並不是天神宮殿下凡的使者。我認為這只是專司報應的天神宮殿之中，有一些力量飄逸而出，偶然降臨到了她的身上而已。在這件事中，我有時也莫名其妙會有十分強烈的、和我性格不合的反應，我相信情形和她一樣，只不過我受影響的程度淺，她受影響的程度深！」

胡說受了相當程度的震動：「真有力量在負責報應？那股力量由誰主宰？

那……專司報應的神殿，在什麼地方？天上？人間？」

我的回答，更令他吃驚：「在人間，在中美洲，有人去過，金大富，他去過，而且還可以帶想去的人去！」

胡說的雙眼睜得極大，於是，我再一次講述金大富的經歷。

胡說至少發出了七八十下驚嘆聲，等我說完，他才道：「你……準備去？」

我點頭：「本來就準備去，現在，更非去不可！」

二十一

胡說來回踱步，他行事沉着，在決定做一件事之前，考慮得極其周詳，這是他的優點，他顯然在考慮是不是應該去。

他一面踱步，一面道：「金大富的話，不盡不實，那地方……根據他的研究，你的複述，聽起來，只像是科幻電影中的佈景。」

我本來就有同樣的感覺，但還是指出了重要的一點：「重要的是，他在那裏，真的見到過許多人未來的下場！」

胡說仍然皺着眉：「還是很難想像，那地方算是什麼，一個龐大無比的檔案室？」

我知道胡說疑惑的原因，所以笑着在他的肩頭上拍了兩下：「我明白你的意思，報應，本來是十分虛無縹緲的事，忽然之間具體，自然難以接受。」

胡說深深吸了一口氣，坐了下來，雙手托着頭，沒有再說什麼，過了好一會，他才道：「陳麗雪說她所受的困擾，愈來愈甚，她生為一個聾啞人，已經十分不幸，只想認命，做一個普通的聾啞人算了，實在不想擔任什麼專司果報的神明的角色！」

我苦笑：「那只怕由不得她——而且，她如果真的是那種神明，有什麼不好？權力大得很，掌握着許多人的命運，給許多人以各種報應。」胡說望着我，緩緩搖頭：「衛先生，如果我是這樣，我不會覺得有趣，因為一切好報惡報，都只是執行，而不是決定，那有什麼趣味？那個人要遭惡報，他做了什麼壞事，全不知道，只是執行，有時會十分難過！」

胡說揮了一下手：「譬如說金美麗，如果說執行者都不知道她做了什麼惡事而要遭惡報，卻要看她悲慘的下場，這豈非無趣之至！」

我嘆了一聲：「你想得太多了！」

胡說攤開雙手：「是這種現象太怪，令我不能不想——一切，都好像是在一種錯誤的安排下形成的，沒有規律可循。」

我又嘆了一聲：「我早已有這樣的感覺，感到不知在什麼地方無意間、意外地泄露出了一些力量，影響了一些人，才在這些人的身上有了這樣那樣的幻覺，這些受了影響的人，可能還會進一步通過他們影響別人，例如我，只怕就受了陳麗雪的影響，有時，會莫名其妙對果報有十分執着，近乎冷酷的看法！」

胡說抬起了頭，想了片刻：「那股泄露出來的力量，影響人的腦部活動，已知的有金氏父女、陳麗雪、你……是不是還有別人呢？」

我道：「可能還有很多，不過我們接觸不到——如果不是恰好你認識陳麗雪，怎會知道一個聾啞人有着那樣奇異的經歷？」

胡說乾澀地笑：「陳麗雪要我向你提出要求，她不想再過這樣的『雙重生活』，她不要回到古代去看莫名其妙的景象，也不要在別人一看到她就驚怖欲絕！」

我苦笑：「我有什麼力量可以滿足她的要求？」

胡說想了一想：「本來，我也想不出你有什麼辦法，但是你既然要到那地方去，總可以有所發現，或許可以幫助她。」

我無可奈何：「只好走一步看一步了，還未知是怎麼回事，什麼真實的根據都沒有。金大富還堅持那地方是一個由外星人控制的基地哩！」

胡說悶哼一聲：「我想不會有那麼好管閒事的外星人，把上下幾千年的地球人行為都記下來，在一定的時候慢慢算帳！」

我揚了揚眉：「也很難說，各種宗教，都有最後審判之說，諸神的存在，若果全是指能力遠超過地球人的外星人而言，那麼，這種在地球人看來不可思議的事，在外星人而言，就簡單之至。」

胡說高聲道：「那更說不過去了，若是由外星人在主持，那麼，善行或惡行的標準，是外星人行為的標準，而不是地球人的標準了？」

我默然半晌，因為這個問題我也一直在想。好有好報、惡有惡報，是自然而然的說法，但是也模糊之極。

最模糊之處自然在於一個問題：好、惡的標準是什麼？由誰來制定？若說是一般的道德標準，相去也甚遠，各有各的不同準則，誰有力量把一切統一起來呢？

我沉默的時候，白素才開了口，她的聲音十分低沉，話也說得相當緩慢：「的確是依照外星人的標準。地球人的行為的標準都是來自天神的頒布，你們怎麼忘記了耶和華向摩西頒下了十誡的那件事？十誡，就是耶和華交給地球人的行為標準！」

胡説睜大了眼，好一會，才長長地吁了一口氣：「是啊，地球人的行為標準，都來自各種巨大的、不可測的力量的指示！」

白素進一步分析：「種種巨大的力量，早就制定了地球人的行為標準，雖然各有不同，倒也大同小異，有的很嚴格，有的比較寬容。那些行為標準，一直在道德上被地球人奉為準則——」

我大聲接了上去：「可是，也一直不斷被破壞，愈是大具聰明才智的人，破壞得愈甚；向上帝求到了智慧的所羅門王，就愚蠢到犯了拜祭別神的戒條——那是上帝最不能容忍的罪行。看起來，地球人矛盾之極，善惡的標準，人人皆知，可是偏要作惡的人如此之多！」

白素頓了一頓：「所以，才要有報應！」

白素的結論極有力量，使人感到可以長長地吐出一口氣來，心胸舒暢，如果竟然沒有報應，那還成什麼世界？

報應，可以說是一種來自宇宙、天神的管理力量，要是冥冥之中沒有了報應，等於社會中沒有了法律，那會是什麼樣的混亂！

三個人都有一會沒說話，胡說忽然道：「或許依照地球人的本性，一切善、惡的標準都相反？地球人本來是動物之一，有很多動物行為，善和惡的標準就不一樣——猛虎撲食羚羊，把羚羊血淋淋地撕開來吞下去，有什麼罪惡呢，是善還是惡呢？那是動物的天性！」

我皺起了眉：「猛虎撲食，不像人那樣殘害同類！」

胡說這年輕人想得很多，他又問：「為什麼殘害異類不算有罪，殘害同類就算？」

白素微笑：「問得真有意思，善惡的標準十分複雜，有一套標準，就說眾生平等，殺生就是惡，殺害同類和異類都一樣！」

胡說還不滿意：「佛教因此吃素，那也不是很徹底，植物難道就不是生命嗎？」

白素反問：「小朋友，人類怎麼維持生命呢？」

胡說卻笑了起來：「很簡單，拋開一切來自天神的善惡標準，依照人性，自然會有人類自己的善惡標準！」

胡說的這種說法十分大膽，堪稱空前。根據人類的天性來看，自行訂定的善惡標準，一定是強權得勝，為所欲為！有力量的為了一己之利，還顧什麼是善，什麼是惡？

可是仔細一想，胡說這樣講也並不可怕。翻開人類的歷史看看，人類不是一直在依照自己的天性在行動着！種種罪惡，一直沒有間斷過，又有什麼時候遵守過天神訂立的善惡標準？

也或許，正因為如此，才要有報應！

胡說引起的問題很多，一時之間，也無法一一有完備的設想，我用力一揮手：「重要的，還是要到那個地方去，看看究竟是什麼力量在主持運作！」

胡說幽默了一下：「或許，是諸神的聯合力量。因為諸神自己的善惡標準都不一樣，若不統一了，如何叫地球人遵行？」

我也笑了起來：「或許，也不必聯合統一，可以各佔山頭，號召一批肯遵循自己善惡標準的人，奉行這種善惡標準——世上就有一大批人，視喝酒為莫大的罪惡。」

白素的神情很迷惘：「奇怪，愈討論下去，愈覺得脫離不了宗教的觀念。」

我也感到了這一點，胡說陡然提高了聲音：「還記得A、B、C、D？」這句話，若是換了不明就裏的人來聽，一定莫名其妙之極，但是我和白素自然明白。我和她自然而然伸出手來，緊緊一握。

在我和白素的生命之中，有整整六年分離，就和胡說現在所講的A、B、C、D有關。那是四個來自外星負責拯救地球人淪落罪惡的使者，整個故事都記述在《頭髮》之中。

胡說這時，忽然又提出Ａ、Ｂ、Ｃ、Ｄ來，自然把Ａ、Ｂ、Ｃ、Ｄ當作諸神來看待，除了Ａ、Ｂ、Ｃ、Ｄ之外，可能還有其他的大具異能的外星人，各自訂下了不同的善惡標準。

從這種推測看來，大聯合統一意見的情形未必會有。可是地球在若干年之前，有許多外星來客幾乎在同一時期光臨過，這倒大可肯定！

我和白素都十分感慨：「是啊，諸神各有各的性格，善惡標準也有所不同，但是原則倒是一樣的：凡是一個生命，對另一個生命進行侵犯、干擾、傷害，就是惡！」

胡說表示同意我這種說法，可是他十分悲哀：「一個生命對另一個生命的干擾、侵犯、傷害，那正是人的天性。所以善惡標準在地球上一直未能好好地實行。」

白素的意見，令我和胡說都鼓掌：「所以，讓所有人都知道會有報應，十分重要。就像讓殺人犯知道他必然無法逃死刑的懲處一樣！」

我們一面鼓掌，一面深深吸了一口氣，或許是報應的時間延得太長，前生，甚至再前生，許多生之前的惡業，在幾百年之後才出現報應，自然不為人重視了。

我忽發奇想：到了那地方，如果真有一種力量在主宰，能否提議把報應的時間，大大縮短？那樣對人性的棄惡向善，必然大有幫助。

這次討論，到此為止——並不是沒有什麼可以討論的，而是都覺，愈討論下去，愈是進入了各種不同宗教的範圍之內。我們對宗教、對諸神，又另有看法，那是再討論下去都不會有結論的事！

胡說告辭離去，臨走時白素對他說：「請轉告陳麗雪，就算她不斷回到古代，人家見了她害怕，不是什麼壞事，不必感到困擾。」

胡說的回答是：「我盡力而為。」

胡說走了之後，我和金大富聯絡：「你什麼時候可以動身？我隨時可以奉陪！」

金大富回答得極快：「立刻！」

說「立刻」，自然誇張得很，我和他一起上機，是在兩天之後的事。

二十二

和金大富這樣的人同機，當然不是很愉快的事，幸好對他這個人不必十分客氣，所以我一上來就告訴他：「如果沒有什麼特別的事，別來煩我！」金大富唯唯答應。當飛機起飛之後，機艙中相當空，我已經用近乎明示語氣，示意他遠遠走開去，可是他還是在我的身邊。坐在我的身邊還不要緊，每當我偶然向他望過去，他就現出副欲語又止的神情，這才叫人受不了。

在那麼長途的飛行中，看來不讓金大富把要講的話說出來，他會半途抽筋。所以，當他第八次還是第七次現出那種神情來時，我嘆了一聲：「你有什麼話非說不可的，就說說吧，不過，千萬記得長話短說。」

金大富連連點頭，伸手招來了空中小姐，要了一杯南美洲的烈酒，一飲而盡，才道：「衛先生，你還記得我提及過的那個挑伕？」

我道：「當然記得，是他發現了那個地方，看到了一些十分奇特的現象，你才知道有那地方的。」

金大富嚥了一口口水：「這挑伕是一個沒有知識的土人，知識程度之低，超乎想像。他帶我到那地方去，我說盡了好話，也給了他很多好處，才能成功，我還告訴他，就在那地方附近有一個礦坑，出產純金塊，任何人都可以揀拾，他相信了，才肯帶我去。」

我聽到這裏，已經覺得渾身燥熱，這傢伙，竟然用這種無恥的謊言去騙一個土人，還要說那土人的知識程度低，甚是卑劣之至！

我臉色自然也不會好看，金大富避開了我的眼光：「我們先到那地方，在離開的時候，我自然無法把他帶到那個子虛烏有的金礦去。我也不是有心騙他，我已經十分肯定我會致富，決定致富之後給他大量的黃金，可是這蠢人卻不相信！」

我冷冷地道：「你認為他是蠢人，他拆穿了你的謊言，是不是？」

金大富漲紅了臉：「他……蠢！他要是相信我，不消一年，他就是一個小富翁。可是他自作聰明，蠢人都喜歡自作聰明，他不相信我，和我起了爭執——」

他說到這裏，陡然停了下來，我坐直了身子，聽出了將有悲劇發生，我疾聲問：「你把他怎麼樣了？殺了他？」

金大富急速喘着氣，空中小姐走過，我吩咐她把那種烈酒整瓶拿來。金大富臉色異樣，十分急速地說話，看來他本來想大叫大嚷的，但總算他還明白機艙中不是大叫大嚷的地方，所以才把聲音壓得十分低：「我沒有殺害他，完全是意外！意外！意外！」

我盯着他：「那挑伕死了？」

金大富倒了半杯酒，就要灌進口中去，我扼住他的手腕，聲音嚴厲：「你必須保持清醒，把事件原原本本說出來，不能喝醉！」

金大富的喉際發出了咯地一聲響，點頭，再喝了一口酒，抹着口角：「他和我爭執，互相推着，他跌倒時，恰好砸中了一窩毒蜥蜴，給他的後腦壓死了兩三條，還有兩三條咬中了他，毒發身亡。」

我自己曾有面對大量毒蠍的可怕經歷，人托稱萬物之靈，遇上了毒蠍、毒蜥蜴，還真的沒有抵抗能力——至少是對等的，人可以一腳踏死毒蜥蜴，毒蜥蜴也可以一口把人咬死。

金大富所說的「意外」，根本無法求證，因為在那種蠻荒之地，事情發生時，只有他們兩個人。我想了一想，冷冷地道：「你在南美洲生活了多年，自然知道毒蜥蜴的厲害，也應該知道被牠咬中之後的救治方法！」

金大富答得很快：「是，我知道，把咬中處的皮肉切開來，至少五公分深，放出毒血，要第一時間進行才有效。」

我指着他：「你為什麼不救他，別告訴我你當時沒有刀子在身！」

金大富長嘆一聲：「當然有刀，可是他有三處被咬中的地方，全在咽喉，我就算想剖他的喉嚨，他又怎肯被我剖？就算剖，也勢必連喉管、氣管一起剖斷，那時，真變成是我害死他的了。他用手指着喉嚨，轉身便奔，奔到了一道小溪旁，俯身就喝水——」

我聽到這裏，也不禁發出了「啊」地一聲，金大富疑惑地望了我一下，我道：「被毒蜥蜴咬中了，要靜止不能動，減低血液循環的速度，也不能喝水，一喝水就死。」

金大富連連點頭：「等我趕到小溪邊時，他早已全身發紫，毒發身亡了。」

上次他對我說起那個地方時，我就發現他有吞吞吐吐之處，想來就是曾發生過這件「意外」了。這時，我所疑惑的，倒並不是他說的是不是真話，而是他為什麼要把這件事告訴我。

這件事發生至今，必然已有相當時日，而且也絕沒有人追究，一個土著挑伕突然不見了，也不會有人去追究。

金大富不說，世上決無人知道其事，那麼，金大富為什麼要告訴我呢？

我並沒有把這個問題問他，只是盯着他看。金大富這個人出身卑微，人格也絕稱不上高尚，可是他毫無疑問是一個聰明人，必然明白我在聽了他的叙述之後，心中所產生的問題，不用我問出來。

果然，他苦澀地笑了一下：「這件事，雖然是意外，但是我也一直耿耿於懷，心中十分難過，到了那地方……我對那地方有一個感覺，不論你心中有什麼秘密，一到了那裏，就再難隱瞞，一定會給人知道，所以我才告訴你。」

我仍然不出聲，他又做着手勢：「你遲早會知道這個秘密，我自然也不敢說謊騙你。」

我知道他繞來繞去，還是未曾說出真正的目的來，所以仍然不出聲。

金大富哭喪着臉：「我一真在想，我……會有那麼可怕的下場，會不會是……這件事的緣故？要是是這件事，自然要先讓你知道，你才能替我消解災難。」

我望着他，幾乎沒有一口口水啐在他的臉上！

他的下場，是一個沒有希望的瘋子，可怕得不住用力扯他自己的嘴巴，甚至頭和身體分離，這樣子的報應，怎麼是那種小事所種下的因？

我的眼光一定十分可怕，所以他現出閃縮的神情來。我語音冰冷：「你要弄清楚一點，我沒有答應你什麼，也沒有任何消災解難的本領，根本連那地方是怎麼樣的，我都一無所知。」

金大富又掏出手帕抹汗：「你有辦法的，人人都知道你有辦法的！」

我懶得和他爭下去，伸手直指着他：「如果你的下場正如你預感的，那麼，就必然不是這件意外，而是你曾經做過極壞的壞事！」

金大富緊抿着嘴，過了好一會，才道：「沒有，當然我做了不少壞事，可是沒有比這件更嚴重了，這件，牽涉到了人命，而且我確然在事先欺騙過他！」

我本來想告訴他，一個人前生、再前生、或是幾百年前，一直積累下來的罪孽，在適當的時候，會發作出來！

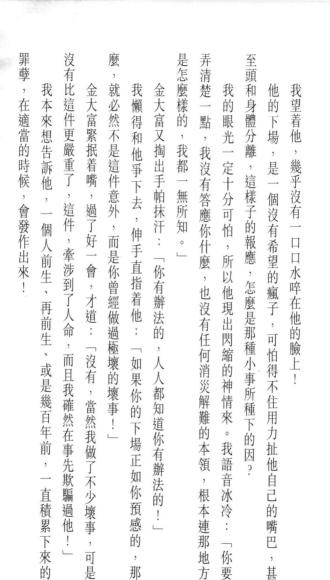

但是一則，那只是我的推測，沒有事實可作證明，二則，我已把這番假設的理論向金美麗說過，她根本不相信，所問的一切問題，我也沒有一個說得上來，看來金大富的反應，也會一樣，我不想再自討沒趣了。

所以，我只是冷冷地道：「既然是這樣，我也沒有別的意見。」

金大富呆了半晌，默默地喝着酒，讓我清靜了半小時左右，忽然又道：「到了那地方，我相信你必然能和外星人見面，他們……會聽你的勸說，把我的下場改一改？」

他一開口，我正要覺得不耐煩，但是他說的那一番話，令我心中一動。雖然他仍然在老調重彈，可是我想起了一點：他曾到過那地方，只是聽他形容了那地方的情形，沒有聽他對那地方的那種奇異現象的意見！

我向他作了一個手勢，表示要和他好好談一談，他大是受寵若驚，挺直了身子聽我說話，我先把那地方看到的一切情形，都可能是一些人應得的「惡報」的假設告訴了他。

他聽了之後，呆了半晌，神情難看之極。

我連問了他三次，他才有了反應，我問的是：「你對這種假設，有什麼看法？」

他的第一個反應是哭喪着臉：「我為什麼要遭惡報！」

我的回答很直接：「當然你曾種下了惡果！」

金大富像是沒有聽到我的回答，自顧自搖頭：「不對，不對，若說是人人的惡報……說來得惡報的人……不會少……會全在那地方有紀錄？」

他提出的只是疑問，並沒有反對我的假設，我又問：「在那地方看到你自己的時候，你是不是有被最後審判的感覺？」

金大富的身子顫動了一下：「極害怕，腦際嗡嗡作響，心中只感到：這次逃不過去了！逃不過去了！害怕得全身發抖……抖得厲害。」

他說到這裏，雖然身在機艙之中，不是在那地方，可是也發起抖來。

他的聲音也跟着在發顫：「我不知道什麼叫最後的審判，可是那就像死了之後上了閻王殿差不多！」

金大富說得十分好，「最後的審判」是來自西方的說法，中國人傳統的說法是「上了閻王殿」！同時，我也明白何以金大富一直說我可以替他消災消難了。

上閻王殿的傳說中，在殿上的閻王是「善和惡的終審法官」，可以根據一個人生前的某些行為，隨意改變這個人的最終結果，是發放還陽，繼續他的生命，還是罰下十八層地獄，都是可以隨時改變的。

金大富以為自己會下閻王殿，或至少他有這樣的感覺，所以他才來求我，以求改變他的結果。他忽然坦言那一宗挑伕死的意外，只怕也是出於一種贖罪的心理，希望這樣子做，結果會改變。

我望了他好一會，嘆了一聲：「然後，那印象就一直深印在你的腦海之中？」

金大富神情苦澀：「一直到了那天，在你住所的門口，看到更可怕的……景象。」

我再問：「你在那地方，看到了自己那麼可怕的結果，也是從一個電視畫面中看到的？」

金大富雙手互相拗着，令得手指發出「拍拍」的聲響來：「我不能肯定那是不是電視畫面，可是在一個平面體上現出活動的影像，那是什麼？」

我也不知道那是什麼，只好道：「不管那是什麼，你一看到，就想到了那可能是你自己的下場？」

金大富吸了一口氣：「我有……這樣的感覺。」

我揮了一下手：「你也不是什麼善男信女，為什麼你不把看到的畫面毀去？」

金大富在剎那之間，雙眼睜得老大，失聲道：「有用嗎？把看到的畫面毀去，會有用嗎？」

我用力搖頭：「我不知道，但孫悟空大鬧陰曹地府，一筆在『生死簿』把他的名字勾消，從此他就再也不會死亡了！」

我說的是小說中的故事，本來是不應該引起什麼特別強烈反應的，可是金大富既然有過「上閻王殿」的經驗，他的心理狀態自然與眾不同，他聽了之後，足有半分鐘之久維持同一個姿勢不動，然後，現出極度悔恨的神情，伸手在自己的頭上重重地打了一下，引得兩個空中小姐發出了一下驚呼聲。

我忙安慰他：「別懊恨，如果有用的話，反正我們還要去，再把它毀掉，還來得及！」

我這樣一說，金大富又高興了起來，他大大喝一口酒，手背抹着口角，得意地道：「神鬼怕惡人，也是有的，看見我根本不怕，神鬼也莫奈我何！」

事情還不是真的有了轉機，只是略有一點虛無縹緲的希望，他就現出了小人得志的神情來，我悶哼了一聲，不再去理會他，自顧自閉上眼睛。

金大富又在我的身邊說了一些什麼，我沒有留意，在那一剎那，我有了一個極其怪異的感覺。我十分清楚肯定我的身子沒有動過，還是在飛機艙的座椅上，在我旁邊的仍是令人討厭的金大富，可是，我又十分清楚肯定，我正在進入一個什麼地方。兩種感覺都那麼清楚，好像我一個人忽然之間分裂成為兩半，產生了兩種感覺，兩種想法。

那種異樣感覺的時間極短——一有了這種感覺，我就想睜開眼來，要弄清楚是什麼一回事。從大腦下達睜開眼來的命令，到眼睛真的睜開來，只怕連百分之一秒的時間都不用。

可是，我竟未能睜開眼來！

這說明我有那種怪異的感覺的時間極短，接着我就聽到了一個聲音在說：

「啊，你也來了，正好讓你看看，對你說，說不明白，我是陳麗雪！」

陳麗雪的聲音！而在一聽到了她的聲音之後，我也看到了她！

任何人，都不可能突然出現在一萬公尺高的機艙之中，陳麗雪也不例外。

一看到了她，我還完全沒有看清周遭的情形，我已經知道發生什麼事了！

事實上，這時周遭十分黑暗，我看出去，只是一片黑暗，但是可以看到陳麗雪，她穿了一件淡色的衣服，在黑暗中隱約可以看到她的身形。如果不是我先聽到她說了幾句話，說出她自己是陳麗雪的話，在這種朦朧的環境之中，我也不能認出她是什麼人來！

這時，我雖然一下子跌進了幻境之中，可是我的頭腦還保持高度的清醒，我首先想到陳麗雪是一個聾啞人，怎麼忽然會聽到她的聲音了呢？

在我這樣想的時候，我感到自己正在向她走過去——一開始的時候，只是感到了在向她走過去，可是在「感到」走出兩步之後，我就知道自己是真正在向她走過去，我已經不在機艙中了，我走的，腳踏着的，絕不是鋪着地氈的機艙走道，而是鋪着青石板，有着厚厚一層落葉的一條道路。

同時，我的眼睛也漸漸適應了黑暗，可以看出這條青石板鋪成的路是在一座林子中，那林子全是十分高大的大樹，每一株，都至少有一人合抱粗細。

我才一開始感到自己被轉移了環境，又聽到了自稱是陳麗雪的聲音之後，就知道發生了什麼事了！我知道我回到了古代！和陳麗雪曾不止一次回到古代一樣，我回到了古代！

奇妙的是，我知道我回到古代，可是我又清楚地知道自己絕不是這個時代的人，我有我自己的時代，然而，我又絕沒有問自己，既然我有自己的時代，為什麼又會回到古代來！

這樣的敘述，聽起來有點混亂，但十分實在。我也沒有問自己回到古代來扮演的是什麼角色，彷彿那是自然而然、必然會發生、必須要發生的事一樣。

在這種心境之下，我至少明白了一點——我曾不止一次問陳麗雪，當她在回到古代時，她擔任的是什麼角色，她都說不上來。

這時（或是事後），如果有人問我同樣的問題，我也答不上來：我在古代擔任什麼角色呢？我在現代，又擔任什麼角色呢？都不應該成為問題，我就是我，一直都是我，在書房中的是我，從書房到了客廳的是我，自然還是我，不會變成別人！（或許這一段敘述有點玄，那是因為我那時的經歷，確然很玄。）

我走向陳麗雪，很平靜，思路也十分清晰明白，我看到陳麗雪穿着寬大的淺色的袍子，式樣十分簡單，也自然顯得古樸，我再看看我自己，也穿着同樣的淺色的寬袍。

我抬頭看天，天上略可見一些星，不見有月色，所以四周圍十分黑。我肯定時間雖然有所轉移，但我還是在地球上。星雖然不多，是看慣看熟的星空，到了別的星球上，星空大抵不會有那麼熟悉。在那十來步路之中，我思緒飛快，想了很多很多問題，我想到有能力在時間中旅行的王居風和高彩虹，如果他們知道「我來了」，趕來和我在這個時間相會，那是多麼有趣的事。

想到這裏，我自然而然笑了起來。

陳麗雪問：「你笑什麼？」

她開口、發聲、講話，完全和一個正常人一樣，而且她的聲音，略帶沉啞，也就格外柔和動聽。我失聲道：「啊，你會說話了！」

陳麗雪展顏一笑：「你信不信？好多次進入這種境界，我完全沒有說話的機會，剛才我一到，看見你也來了，就自然而然可以說話。」

我吸了一口氣：「你看到我來，你看到我從哪裏來？」

我這樣問，自然是想知道一些我「進入古代」的情形。陳麗雪的回答，令我怔一怔，她答得十分自然，然而她的答案，卻和一個極著名的答案一樣！

她伸手向我身後一指，我循她所指轉頭看去，看到那是一片黑暗，也就在這時，我聽到她的回答：「你自來處來。」

從來處而來，往去處而去。

這是充滿禪機的言語，這時卻從陳麗雪的口中自然而然地說了出來。

充滿禪機的語言，正要這樣隨意說出，才能使聽到的人有當頭棒喝之感，若是刻意準備安排，大打機鋒，反倒成了唇槍舌劍，哪有振聾啟聵之功？

當下，我並不轉過身來，只是望着那一團黑暗。陳麗雪看到我是從哪裏來的，那裏是什麼地方？不論是什麼地方，都是來處，沒有分別，反正所有的人，都是來自來處，也必然去到去處！

唐朝時的李紳和龜山寺僧的對答，本來就大有禪意，這時出自全無機心的陳麗雪口中，含意又深了一層。本來我還在想許多問題，例如何以我會忽然從現代來到了古代等，但現在，我可以把這些問題拋開去！沒有什麼不同，反正人不論在什麼境地之中，都是從來處來，大可心安理得！

二十三

我深深地吸了一口氣，轉回頭來，陳麗雪正好在問：「是不是有一股力量同時影響了你我的腦部活動，所以使我們同時回到了同一個古代？」

一聽到陳麗雪這樣問，我就知道她這時和我一樣，思路十分明白。

在第一二次回到古代時，她可能會感到十分迷惘，但是經過她和白素和我的交談，經過我們的分析之後，她對於事情的發生，至少有了一定的了解，所以，她變得十分清醒和冷靜了。我點頭：「也許。在忽然來到這裏之前，你是在什麼地方？」

陳麗雪側着頭：「在房間裏，胡說剛走，我準備到我自己的店舖去，對了，我的震盪型傳呼機突然有了信號，是尊夫人叫我！」

我揚了揚眉：「白素找你？什麼事？」

陳麗雪笑笑：「不知道，她請我立刻就去，我一轉身，準備走出房間去，可是一步跨出，就跨到這裏來，一抬頭，就看到了你。我有過很多次這樣的經驗，一下子就知道是怎麼一回事了，想不到能在這裏見到你，而在這裏，我又完全沒有言語的障礙，真叫人高興！」

她說到這裏，又自然而然，習慣性地作了幾個「高興極了」的手勢。我不禁哈哈大笑了起來，我也覺得有趣之極。我一生之中，古怪的經歷多至極矣，可是明明是兩個現代人，忽然在古代相會，而且又極之清楚自己的是現代人，這樣怪異的經歷，卻也未曾有。

陳麗雪又發出了一連串的問題：「我們來到的是什麼朝代？會看到些什麼情景？」

我攤着手：「不知道，你經驗豐富，由你來決定！」

陳麗雪忽然又道：「尊夫人如果久等我不着，找上門來，不知道是不是會在我的房間裏發現我！」

我對這個古怪的問題一點準備也沒有，所以我自然回答：「怎麼會？你人在這裏，這裏是一片林子！你不在房間裏。」

陳麗雪對我的回答顯然極其不滿，側着頭望着我，我立即想起，我仍是在那麼奇妙不可思議的環境之中，一切自然也不能照常理來解釋。

陳麗雪這樣問我，當然不是希望我有正常的答案！

一想起這一點，我就更正了我的答案：「如果現在我們感到自己在古代的一個林子中，只是我們的腦部受了外來力量的干擾而產生的幻覺，那麼，你的身子應該還在房間中，而我的身子在機艙中。」

陳麗雪顯得十分興奮：「這個問題很快會有真實的答案——機艙中必然不止你一個人，那些人可以告訴你是不是從機艙中消失了，要是不，那麼這些都只是幻覺，是一個夢，我們是在夢中相逢。」

我想了一想：「我看我的身體還在機艙中，我也不認為那只是一個夢那麼簡單，我們都十分清楚自己的來處，這種情形，倒有點像是……靈魂出竅。」

陳麗雪忽然拍起手來，神情高興莫名：「也可以說是元神出遊。」

我也感到了一陣異樣的興奮，因為這種情形畢竟十分罕見，是一個極新、極奇妙的經歷。

我也拍着手：「元神出遊比靈魂出竅更實在，而且你的情形更接近元神出遊——每有修道人走火入魔，身子僵如木石的，可是元神出遊，肉身一樣可以有各種活動，你肉身又聾又啞，那只是身體機能上的阻礙，你的元神，就沒有這種缺陷。」

陳麗雪昂起了頭，喜容滿面：「不過根據道家的修煉方法，要修到元神可以出遊，不知要花多少工夫，我從來沒有修煉過什麼，怎麼會有這樣的神通？」

我也笑：「我也沒有修煉過什麼，我想，那一定是那股外來力量的作用，我甚至知道那股力量的來源——我正要到那地方去。」

陳麗雪有語言能力，和她交談自然容易得多，也快捷得多，我把金大富發現那地方的情形和我的設想告訴她，也把胡說的假設說了出來。

陳麗雪聽得扶住了一棵大樹，笑個不停：「我當然不是什麼天宮使者，也不會是什麼專司惡報的神，只不過是受了不知什麼力量干擾腦部活動的受害者。」

她說了又笑，笑了又說：「世上有很多奇才異能之士，說不定也和我一樣，全是腦部活動受了干擾的無辜受害者，卻無意之中，成了高手異人。」

我也笑着說：「也許。」

陳麗雪四周看看，青石板鋪成的路一直通向前，看來在不知該向何處去的情形下，向前走最是合理。我伸手向前指了一指，陳麗雪點頭表示同意。我在這時，忽然想起一個問題，可是我沒有問出來。我想到的問題是：「你難道不害怕自己不能回去嗎？」

沒有問出這個問題，因為我自己想到了這個問題時也不禁感到了一股寒意，而陳麗雪這時的神情愉快，何必令她害怕？

我又飛快地設想了幾個「不能回去」的可能——在這種古怪特異的遭遇之中，自然而然會有許多古怪的想法。

我想到，如果我不能「回去」，唯一的可能，是那個在機艙中的我變成了一個無可藥救的痴呆人，因為我的靈魂留在古代，不能回來了。

我又想到，世上有很多莫名其妙、突然變成了痴呆的人，又焉知他們的元神不是正在古代或未來過着另一種生活？離魂的倩女，身子還痴痴呆呆地在閨房之中惹人可憐，而她的靈魂，則在千里之外和情郎逍遙快樂！

我也想到，靈魂和元神，可能根本是同一回事，道家的修煉，總以為可以把元神煉成一個實體，那一定是錯覺，就像我現在，我感到自己實在的存在，那也只不過是一個感覺。

實際上，所有元神，是一組無影無蹤的記憶功能，是電組織所發出的一種能量，一組記憶波。

忽然之間，有了這樣的「發現」，我不禁大是高興，不免有點手舞足蹈，同時，我又想到了更多。元神、靈魂如果根本是同一現象的話，那麼，我現在經歷着的靈魂離體，感覺是如此實在，從前似乎沒有相似的報告。

在我的熟人之中，原振俠醫生曾有靈魂離體的經歷——原振俠和年輕人，不但靈魂離體，而且在回來之後換了一個身體，換了一個由勒曼醫院炮製出來的身體。

和他們一樣有死而復生經歷的，是黑紗公主。

（死而復生，是靈魂離體之後又回來的幾種形式中的一種。）

黑紗公主的遭遇更奇，她靈魂回來之後，進入的一個身體非但不是她自己的身體，而且不是地球人的身體，是一個不知用什麼方法產生出來的身體。剛開始的時候，她並沒有覺得有什麼異樣，可是漸漸，她發覺她的新身體有許多地球人身體達不到的功能，她在逐步發揮這些功能的過程之中，成了一個名副其實的女超人！

（黑紗公主的怪異經驗，會在《公主傳奇》故事中一個一個說出來。）

原振俠醫生一直在說，要會齊年輕人和公主，一起把靈魂離體的經過情形，詳細告訴我們——我、白素，可能還有溫寶裕、良辰美景、胡說等，但是一直沒有實行，等到有這個聚會的時候，我也有了另一種不同的靈魂離體經驗，自然可以拿出來交流一番，使得這個神秘之極，有關生命奧秘的奇妙現象，可以得到進一步的闡釋，也可以進行更多的假設。

我浮想聯翩，並沒有開始向前走，陳麗雪忽然拉了拉我的衣袖，低聲道：

「有人來了。」

我一定神，向前看去，不但看到了有一點光亮在搖搖晃晃地移動，而且也聽到了腳步聲，腳步聲十分怪，每一步，都發出「踢他」兩個音節的聲響，那是有人把鞋子不好好穿着，而只是趿拉着，又故意放慢了腳步走路的聲音。通常，用這種方法來走路的人，都不會是什麼文人雅士、正人君子，大都是市井流氓一類的人物。

陳麗雪年紀輕，多半不知道這種穿鞋的方式，所以有點奇怪。

那一點搖晃的亮光，當然是前來的人，手裏提着的一隻燈籠。

本來，和陳麗雪見面後，周圍的環境並不能確切地說明我們是處身於古代，我們覺得自己到了古代，只不過是我們的感覺。

這時，看到有人提着燈籠走過來，那自然可以肯定我們真的是到了古代了！和陳麗雪相視一笑，我作了一個手勢，陳麗雪和我一起躲到一棵大樹之後，腳步聲和燈籠的光愈來愈近，跟着看到一個人搖晃着走過來，腳下果然只是趿着一雙布鞋。

那人的背上斜插着一根棍子，燈籠的光芒映着他的臉，我和陳麗雪不由自主同時倒抽了一口涼氣！

搖晃着走過來的人不是別人，正是金大富——一個和現代的金大富一模一樣的人，服飾打扮，如陳麗雪上次看到他的一樣，他背後的那根棍子，也正是一半紅一半黑的水火棍。

金大富向前走着，不一會就經過了在我們身前的大樹，我和陳麗雪沒有交換意見，就自然而然跟了上去。開始的時候我們十分小心，還怕被金大富發現，可是後來發現金大富根本不覺察我們，有好幾次明明有聲響，在寂靜的夜中聽來應該十分刺耳，但那可能只是我和陳麗雪才有的感覺，實際上，根本沒有聲音發出來。

當第二次有聲音發出來而金大富仍然一無所覺時，我和陳麗雪不由自主停了下來，互望着，陳麗雪神情駭然，顯然她和我想到了同一問題。

我所想到的是，我和她既然是處在靈魂出竅或是元神出遊的情形之下，那我們根本不會有形體，只是我們自己感到十分實在，別人根本看不到我們，摸不到我們，我們全然是什麼都沒有的。

陳麗雪很不願接受這個事實，她用力搖頭，叫了起來：「不會的，他曾看到過我，而且現出十分害怕的神情來，他見過我。」

陳麗雪這一叫，更證明了我所想的是事實——金大富就在十來步之前，身後忽然有一個女人在大呼小叫，他絕無聽不到之理，可是他連頭都沒有回一下。

我明白陳麗雪為什麼要高叫，她寧願被金大富發現，被金大富看到——甚至我也是一樣，因為，任何人若是知道自己無形無體，看不見摸不着，不知是一種什麼樣的東西，都絕不會心情愉快的！

說得再明白一些，當一個人知道他自己不是人，沒有了人的身體，只是用靈魂方式存在之際，他首先想到的就是：自己死了！變成了鬼。

這種感覺非但不會令人感到愉快，而且還令人覺得恐怖之至。

陳麗雪還在喘着氣，她忽然緊握住我的手：「不對！我們互相可以看得到對方，他沒有道理看不見我們。」

金大富就在我們前面，搖晃着向前走，他不僅看不見我們，而且根本感覺不到我們的存在！我和陳麗雪互相可以看到對方，是因為我和她的情形一樣，我們是同類，兩組來自現代的思想，或者說，是回到了古代的兩個鬼。

我們的身體，還留在原來的時間、原來的地方，回到古代的，不知是我們腦部活動的什麼力量、什麼部分！

我十分平靜地說了一句：「我們可以互相看到，因為我們是同類。」

我說着，加快腳步，向金大富追上去，陳麗雪也急急跟在我的旁邊，當我們兩個人離得金大富十分近，伸手可及的時候，有十分奇妙的事發生，金大富像是有所覺察一樣，陡然站定，轉過身來，提起手中的燈籠，向前照着。

這一來，他和我們正面相對，通常人和人之間很少這樣正面相向的，所以我和陳麗雪都自然而然後退了一步。

陳麗雪首先大聲道：「喂！這次你見了我，怎麼不感到害怕？」

金大富這時只是略現驚慌，並不如陳麗雪所說的驚駭欲絕。

我忙道：「可能情形每次都不相同，這一次，他根本感不到我們的存在！」

我和陳麗雪就在他面前說話，可是他顯然絕感不到我們的存在，他的神情十分疑惑，伸手在後腦上抓着，瞪着前面（事實上是瞪着我們），卻又一無所見。

陳麗雪聲音十分恐懼：「他……一定感到了什麼，不然何以突然停下來，轉過身來？」

我想開開玩笑，說幾句話令心情輕鬆一些，所以我道：「或許在我們逼近的時候，他感到有一陣陰風自身後襲來！」

陳麗雪張大了口：「那……那我們……豈不是……」

她話還沒有說完，已看到金大富轉回身去，大聲向前吐了一口口水，道：「見鬼了！」

我看到陳麗雪神情駭絕，忙道：「別被那個『鬼』字嚇着了，我們現在不知是以一種什麼形式存在，可以稱之為『一組記憶』，也可以稱之為『元神』，當然也可以叫作『靈魂』或『鬼』。我們並不是人死了之後的那種『鬼』，而只是腦部活動突破了時間空間的一種異常的活動，那是極難得的一種經歷！」

我的解釋不是很容易明白——這種奇異之極的現象，誰能解釋得明白。因為身歷其境，所以也還可以接受。

陳麗雪的神情緩和了些，聲音仍然乾澀：「真不可思議，我們兩個……竟然回到了古代，成了鬼！」

我也感到十分奇特，想了一想：「這正好回答了你第一次來見我時的問題，你曾問我，當你回到古代時，金大富和金美麗看到你都駭然欲絕，你不知道自己那時是什麼樣的怪物！」

陳麗雪駭然：「難道我真的曾是青面獠牙的鬼怪？」

我用力一揮手：「當然不是，根本沒有人看得到我們，他們那兩次看到的，一定是他們自身的可怕下場，就像在我家門口，金大富看到你的情形一樣。」

陳麗雪雙手捧住了頭：「我們究竟處於一種什麼現象之中？應該怎樣辦？」

和陳麗雪對話的過程之中，我已想到了很多，所以我很快就回答：「一切全是我們腦部受了不知什麼外來力量的影響，產生了異常活動的結果！有科學家說，人做夢，也是腦部的一種異常活動，那麼就當我們是在做一個怪不可言的夢好了！」

陳麗雪苦笑：「這個夢真是夠怪的了，我們——」

我向已漸漸走遠的金大富指了一指：「既然在做怪夢，索性做下去，跟上去看看他鬼頭鬼腦去做些什麼事！」

雖然陳麗雪接受了我「做怪夢」的說法，但是一切感覺都那麼實在，神智上絕對清醒，那是十分奇妙的感覺，在消除了恐懼感之後，會令人十分刺激興奮，陳麗雪發出了一下叫聲，陡然發足向前奔出去，我也跟着奔向前，在我們奔到離金大富十分近的時候，他又停了步，轉過身來。

我可以肯定，金大富一定感到了什麼，大有可能真的是「一陣陰風」——傳說之中，被鬼魂跟在身後的人，都會有這種或近似的感覺。

回到了古代，已經是一大奇遇，在古代，竟然是「鬼」而不是人，那是奇上加奇，我也不禁童心（鬼心）大發，就在金大富轉過身來時，伸手向他的臉上摑了一下。

那一下，自然打得不是很重。在我來說，確然是打了他一下，但是金大富並沒有捱了一下打的反應，他先是怔了一怔，又立時伸手在被打的臉上摸了一下，現出莫名其妙的神情——他一定感覺到了什麼，可也絕不是感到了被打！

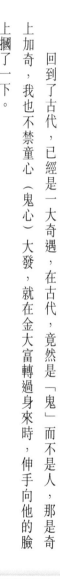

陳麗雪在一旁看到了這種情形，忍不住笑了起來：「真有趣，原來鬼真是那樣捉弄人的。」

我也覺得好笑，又伸手在金大富的頭上重重敲了一記，金大富又伸手去摸頭，現出害怕的神情，轉過身，加快了腳步急急向前走。

我和陳麗雪沒有再捉弄他，只是跟在他的後面，不一會，就穿出了林子，轉進了一條小路，路看來十分荒僻，在小路的盡頭有幾間磚屋，看來十分結實，不知是什麼用途，金大富推門走進去，我和陳麗雪一閃身進了屋子，金大富的手中仍提着燈籠。在進屋子的時候，我絕對可以肯定陳麗雪就在我的身邊，可是一晃眼，她突然消失不見了。

我只吃驚了極短的時間，就明白陳麗雪回去了，她的怪夢已經結束，我還在繼續我的怪夢。

我吸了一口氣，只是略停了一下，就跟着金大富穿過了一個院子，來到了一間房間中，房間中一無所有，只有地上鋪着一方草墊，草墊上有一副被褥，卻全是綾羅綢緞，而且有着精美絕倫的刺繡，和四周的環境極不相稱，艷紅色的被子之下像是有人。

金大富一進來就上了門閂，掛起了燈籠，搓着手來到了被子前，一抬腳，掀開了被子。

被子下果然有人，是一個只穿着褻衣的女人，肌膚賽雪，容顏美麗之至，我一看到這個美麗的女人，就立即相信她就是陳麗雪曾在古代見過的那個女人，她曾和武士有過一次幽會，後來又被金大富勒索。

這時，她的手、腳都被綁着，口中亦被勒了一條綢帶，我當然不知道她何以會落得這樣，我一步跨向前，在剎那間間我看到了金大富盯着那女人的、邪惡之極的一張臉。

我自然而然一拳揮出，擊向金大富那張醜惡之極的臉上，可是金大富的行動並沒有停止，他只是略怔了一怔，便繼續俯下身接近那女人！

我想再揮出第二拳，突然聽到了一聲驚呼：「衛先生，你怎麼了？」

二十四

相信大家都知道接下來發生的事是怎樣的了。

我陡然站了起來，右手還是一副準備揮拳的姿勢，金大富滿面驚惶地在我的面前。

我身在巨型客機的機艙之中——我的「怪夢」也已經結束了！

我呆了一呆，向金大富揮了揮手，示意他不必大驚小怪，然後我又坐了下來，喝了一口酒。金大富用十分怪異的神情望向我，問：「衛先生，你剛才……做了一個噩夢？」

我悶哼了一聲，沒有回答。

剛才的一切，自然可以說是我做了一個夢。

可是如果陳麗雪也有同樣的經歷呢？那自然不是一個普通的夢了，那可以稱之為一個怪夢。

怪夢之所以發生，是由於有一種力量同時影響了我和陳麗雪，使我們兩人的腦部發生異樣的活動。

那股力量，要我們有這種「怪夢」的目的是什麼？是不是想我們進一步看到金大富在若干年之前所犯的惡行？

不過很難想得通的是，要我和陳麗雪看到又有什麼作用呢？

我的思緒十分紊亂，但是在我親身的經歷之中，我卻隱約可以體驗到一點：一切都不像是經過刻意的安排，而全是一些偶然發生的事。

也就是說，我感到那股力量並非有意在影響我們，而只是偶然的，恰好和陳麗雪的腦部活動在某方面有相同之處，易於感應到那股力量，所以才受了它的影響，而有了「回到古代變成鬼魂」的怪異經歷！

事情真是太複雜了一點；回到古代，已經夠複雜的了，變成鬼魂也十分複雜，兩椿事加在一起，只要略想一想，就會使人腦袋發漲！

在有了這樣的經歷之後，金大富這個人曾經惡行多端，已絕對可以肯定，雖然他的古代惡行在現代已難以查考，難以將他定罪可是冥冥之中自然會有力量，使他犯下的惡行得到懲罰。

在接下來的時間中，我一直在胡思亂想這些問題，飛機降落在第一站，我就和白素通電話。

白素一聽到了我的聲音之後，劈頭一句就問：「陳麗雪想知道你是不是──」

我不等她問完，就道：「是！我忽然回到了古代，見到了她。在古代，我和她都沒有形體，如鬼魂的存在似！」

白素「嗖」地吸了一口氣，這樣的怪事，確然可以令任何人吃驚。她又急急地道：「陳麗雪比你早離開古代，她和我都急於想知道後來的事？」

我嘆了一聲：「我也沒有在古代逗留多久，只是看到了金大富進一步的惡行！」

我把接下來看到的事說了一遍。

白素一面聽，一面告訴我：「陳麗雪就在我房裏……金大富這傢伙，一定最後殺了那女人！」

我想起當時的情景，不由自主打了一個冷戰：「可能更不堪！」

白素停了一停：「你走了之後不久，金美麗又來找我，要我安排她和陳麗雪見面。」

我「啊」地一聲：「你答應了，所以才會和陳麗雪聯絡？」

白素答應着：「金美麗很快會來，她們兩人見面，你認為會發生什麼事？」

我嘆了一聲：「很難說，可能金美麗又會看到自己的身體被磨碎，也可能什麼也沒有，總之，不管金美麗有什麼疑問，都要我找到了那個地方再說。我相信令得我和陳麗雪腦部有這種異常活動的力量，也是從那地方來的！」

白素用相當低沉的聲音說：「你多保重！」

我略感到奇怪，這次我出門，她特別多這一類的叮嚀，她說覺得金大富這人靠不住——我闖蕩江湖，什麼樣的人沒見過，自然不會把金大富放在心上。

我只是隨口應了一聲，和白素通話之後不久，又上了飛機，在轉了幾次機之後，最後，利用了一架直升機，由我駕駛，降落在一個看來像是乾涸了的小湖的湖底，那是這一帶唯一可供降落的平地，除了這一處平地之外，不是起伏的山崗，就是濃密的原始森林，這一帶，是中美洲的蠻荒之地，罕有人迹，原始之極！

直升機降落之後，金大富討好地道：「衛先生，你有豐富的蠻荒獵奇經歷——」

我不等他說完，就不客氣地頂了回去：「你的經驗絕不會比我少，由你帶路吧！」

金大富指着湖底，那地方全是乾了的泥，泥上有車輪的痕迹，他道：「上次我們駕了一輛吉普車到這裏紮營，每在雨季，山水流下來，這裏是一個小湖，可是一到旱季，就必定乾涸。從這裏出發，向北走，進入山區，那地方是……在一個很大的山洞之中！」

在他說話的時候，我已經把此去要用的物品整理了出來，分成了兩份，金大富提起了較大的一份，揹了上去，邁步便走。他當了富豪也有好幾年了，居然還維持着那麼好的體力，倒也難得。

當晚，才一進入山區，他就提議紮營，我打量了一會環境，這一帶的山石，都呈一種看來令人不舒服的暗紅色，十分怪異，天黑了之後，在月色下看來，反倒好得多。

我們使用的是個人用的小營帳，山溪的水很清洌，金大富在吃完了飯之後，就不斷喝酒，喝了酒之後，亂七八糟說話，我聽得不耐煩了，就大喝一聲：「說些有用的話來聽聽！」

他呆了一呆：「有用的話？」

我直視着他：「是的，我相信你對於自己的前生、再前生等，所做的惡行，一定十分清楚。」

金大富一下子就靜了下來。我們紮營在山溪邊，溪水十分湍急，在流過山石時，會發出一種尖鋭的聲音，聽來像是什麼動物在嘶叫。

靜了好一會，他方道：「不知道，我真的不知道。可是我感到，當我……的最後結果來臨之前，我會十分清楚自己何以會有這樣的結果！」

我仍然盯着他，他緩緩搖着頭：「我不能夠肯定，但是有這種感覺！」

他說到這裏，陡然跳了起來，大叫：「要是人人都一樣，我沒有話說，要是只對我一個人，我不服！」

我冷笑：「你放心，一定人人如此！」

金大富不再出聲，神情十分難看，過了一會，他才道：「就算人人如此，我也要例外！」

他在這樣說的時候，現出了一臉的狠勁來，我心中想，他不知道做下了多少惡行，未必全在古代，只怕他這一生也有許多惡行，他自己也知道，所以才那麼害怕報應的來臨！

如果他的願望竟然可以達到，那麼果報的規律就被他打亂了，是不是像人間的法律一樣，總有些漏網之魚？我一面想，一面揮手：「當然不可能有這種情形！」我也自然而然唸了一句：「天網恢恢，疏而不漏！」

我這樣說的時候，明顯地感到身邊金大富的震動，我向他看去，只見他的臉色難看之極，臉上的肌肉扭曲，一臉都是邪惡的神情。

這種樣子，我看了也不禁暗暗吃驚，那就像我剛才回到古代看到他的神情，我甚至忍不住握緊了拳，想向他一拳揮出！

他在我向他望去時，陡地轉過頭去背着我，即使在他的背後，我也可以感到透自他內心的那種邪惡，那令我產生了一股極度的厭惡感，所以也自然而然轉過身去，我聽得身後金大富發出了一陣咕噥聲，不知道他在說些什麼，我沒有理會他，只是道：「明天我們可能要付出許多體力，還是早點休息吧！」

金大富答應了一聲，我也沒有再說什麼，閉上眼睛，放鬆肌肉——一個經過嚴格東方武術訓練的人，可以很容易使自己進入睡眠狀態，同樣，也很容易在睡眠狀態中保持警覺，一有什麼異動，就容易醒轉。

當我才一醒轉之際，我不知道睡了多久，我先不睜開眼來，我知道有一些事情發生了，先是聽到了一陣「拍拍」的聲響，等我睜開眼來時，我不禁呆了一呆。

是那種聲響令我醒過來的，在睜開眼來之前，我已經對那聲音作了好幾個設想，可是睜開眼一看，發覺那種撞擊聲，竟然是一個人的頭部和山石相碰時發出來的，自然令人愕然之至——金大富在跪在地上叩頭。

他的頭一下又一下撞在地下的山石上，才發出這種「拍拍」的聲音來！

他不但在叩頭，而且在喃喃祝告，聲音很低，聽來也很含糊，由於四周圍十分靜，所以可以聽得清楚，他在祝告的是：「過往神明，不論來自天界仙界冥界鬼界，請聽金大富誠心祝告，只要能使我平安無事，一定替各路神明廣修神殿，重裝金身，我金大富若蒙各路神明庇祐，一定沒齒不忘……」

我聽得他在這樣叩頭祝告，真的忍不住想哈哈大笑！若不是這時我又看到了一個相當奇異的現象，我已經一面笑，一面大聲斥責了！

金大富的祝告，其實也沒有什麼特別之處，一般世人，不論向什麼神明祈禱祝告，大抵類此，都是要求神明庇祐，然後許下諾言，一等到神明的護佑實現了，也就實行自己的諾言。

千百年來，似乎從來也沒有人明白到這是可笑的行為：神明既然有能力施展神蹟，如何在乎人間凡人的平凡酬謝？

只要略想一想，就可以知道這樣的許願祝告必然難以打動任何一路神明的心，可是偏有那麼多人祝告！

（我知道一個故事，有一個魔王接受凡人的祝告，接受向他祝告的凡人的要求，但取的代價是這個凡人的靈魂，魔王索取代價時可怕之極。這個故事是原振俠醫生的一個經歷。）

金大富這時一面叩頭，一面祝告，看來十分誠心。令我覺得十分奇特的，是他並不是平空在叩頭，在他的面前，一塊山石之上，放着一樣東西，他是向着那個東西叩頭。

那東西看來像是一隻方盒子，並不是什麼神像，黑暗之中看來，約有二十公分立方，顏色黝黑，看來十分不起眼，可是金大富正在向它膜拜！

那令我心中十分好奇，所以決定先不發聲，看看他究竟在鬧什麼鬼。

他拜了一會，直起身子來，直挺地跪在地上。這時，更可以肯定他在拜那隻盒子了，因為他對着那盒子說：「剛才我許的願，要是將來食言，願意領受十倍以上的懲罰，悠悠此心，人神共鑒！」

我心中悶哼了一聲，像金大富那種卑鄙小人，偏偏最喜歡說什麼「人神共鑒」之類的話，真要是有神，他這種人就沒有生存的價值！

金大富說完了之後，雙手捧起了那隻盒子來，看情形那盒子的分量不輕，他像是捧得很吃力，我看到這裏，再也忍不住大喝一聲：「金大富，半夜三更，你在搗什麼鬼？」

我才一開口，金大富就大叫一聲，盒子也落到了地上。

那盒子果然十分沉重，因為在跌下來那時候發出的聲音相當大。

等我喝完，金大富雙手仍然維持着捧盒子的姿勢向我望來，神情駭然之極，我等着他的回答，他卻忽然叫了起來：「你……你不好好地睡覺，怎麼忽然醒來了？」

我冷冷地回答：「正要看看你鬼頭鬼腦在幹什麼？」

金大富在那一剎那間神情已回復了常態，聲音聽來也很正常：「沒有什麼，我在……祈禱，祈求平安！」

他的回答當然可以接受，因為他剛才的確是在祈求神明賜與平安。可是我留意到他在那樣說的時候，眼珠亂轉，不住瞧向那隻落在地上的方盒子。

我對那隻方盒子本來就十分疑心，這時更可以肯定那方盒子必然有一定的古怪，我對他說：「你在祈禱——」

口中說着話，身子早已蓄定了勢子，一個箭步竄出，已經撲向那個方盒子，想趁金大富不覺，先把那方盒子搶在手中再說。

可是，意料不到的是，我太小看金大富了。因為我在行事之前，先向那方盒子瞄了一眼，給金大富看出了苗頭，所以就在我一個箭步向前之時，他大叫一聲，也向前撲了過去。

他的動作本來絕不會比我快，可是那只盒子就在他的面前，離我卻有一段距離，所以他比我先一步撲到。而且他不是想把盒子取在手中，而是飛身撲了上去，整個人撲在盒子之上！

等我撲到，雙手伸出，自然沒有抓中盒子，而只抓中了他的背部。

金大富的這種行動，更令我又是生疑，又是惱怒，我大喝一聲：「那盒子中有什麼？」

我一面喝，一面雙手運勁，抓住了他背部。這一抓，不但抓住了衣服，也可能抓住了他背部的肌肉，令他感到十分疼痛，所以他殺豬也似地叫了起來。

他的嚎叫聲在深夜的曠野之中聽來可怕之至，我不理會他的嚎叫，雙臂一振，把他提了起來，再次喝問。他人雖然被我提了起來，可是已把那方盒子緊緊抱在懷中，他高叫：「衛先生，別用暴力，放我下來！」

我第三次喝問，仍然提他在半空，他大口喘着氣，回答了我的問題：「是一座神像！」

我喝：「打開來看看！」

我一面斷喝，一面鬆開了一隻手，又伸腳一勾，把他的身子轉了過來，令他重重跌坐在地上。

金大富仍緊抱着那盒子，一個勁地搖頭，表示拒絕我的要求，又賴在地上，並不肯站起來。

我十分惱怒，一步跨向前，準備奪取，他又大叫了起來：「不能打開，那是黑暗之神，一信奉之後，把神像請進了黑暗之中……」

他說到這裏，大口喘了幾口氣，才繼續下去：「如果再讓神像見光，信奉者就會遭極大的災殃！」

我冷笑：「你胡說八道什麼，你幾時成為黑暗教的教徒的？」

世界上是不是有一個「黑暗教」，其實我也不能肯定，只是聽金大富提到了「黑暗神」，所以才順口說的。

金大富哭喪着臉：「衛先生，我無法把我的每一件事都向你說，請你……求你別干涉我的信仰自由！」

我聽得又好氣又好笑，叱道：「你的黑暗之神真的有那麼靈，你求他保佑你別遭惡報就好了，何必還要來找我的麻煩！」

金大富不斷眨着眼，苦笑：「人……有道是病急亂投醫，我想……多求些人，總是好的！」

他的解釋也可稱合理，可是他緊緊抱着盒子的那種緊張的樣子，就使我生疑。所以，我指着那盒子：「把盒子打開來，真要有什麼災殃，就降臨在我的身上好了！」

金大富一聽，陡然跳了起來，抱着盒子轉身就走。我哈哈一笑，身形一晃，已到了他的身後，一伸手，捏住了他的後頸，把他拉了回來，同時，在他的身後伸過手去，在那盒子上拍了一下：「是你自己交給我，還是我動手搶？結果是一樣的。」

金大富望向我，神情又驚又怒，又有哀求，可是我一概不理，把他的身子扳了過來，他仍然不肯把盒子給我，但是在這樣的情形下，他自然也保不住那盒子了，我輕而易舉就把盒子接了過來。

金大富一失去了那盒子，就立時後退幾步，發出濃重的呼吸聲，我向他看了一眼，心中也不禁覺得了一絲寒意，金大富這時的神情可怕極了——他明知敵不過我，可是發自他眼中的那種怒意，再加上他面部扭曲了的肌肉，叫人完全相信，一有暗算的機會，他就不會放過，會撲過來嘶咬報仇！

我狠狠瞪了他一眼，多半我的神情也大是不善，所以他又後退了兩步，可是仍然盯着我。

我冷笑一聲，低頭去打量那盒子。

盒子並不大，可是相當重，約有十公斤，盒子是正方形的，每一面都一樣，十分光滑，像是一種合金，我想找出盒蓋來，可是轉動了一下，觀察了它的六面，卻無法找到盒蓋。

我不想多浪費時間，向金大富喝：「打開它！」

金大富的聲音十分尖厲：「根本打不開，每一面，都是高溫焊死的！」

對於金大富這樣回答，我倒並不以為他在說謊，因為剛才我撫盒時已經看明白了這一點。

我雙手捧住盒子，把它高高舉起來：「好，那就把它砸開來！」

金大富尖叫：「不！」

他一面叫，一面急速喘氣：「衞斯理，難怪有人說你只會破壞！」

自從和他打交道以來，他一直十分恭敬，開口閉口必稱：「衞先生」，這時忽然直呼我的名字，自然是焦急萬狀了，我冷笑一聲：「對，說得對！很多情形下，只有破壞了一些，才能獲知另一些！」

我話一說完，就用力把那盒子向一塊岩石拋了出去。

我用的力道十分大，金大富的一下慘叫聲先發出來，接着才是那盒子重重砸在石頭上的聲響，聽來也十分驚人。

那盒子看來十分沉重結實，可是出乎意料，一砸下去，就四分五裂，六片正方形的金屬片一下子飛出老遠，盒子之中的東西就跌在那塊岩石之下。十分沉重的自然就是那東西，它自石塊上跌下來，以它渾圓的形狀來看，應該滾開去的。

可是在石塊下的恰好是一塊軟地，那圓球又十分重，所以「卜」地一聲，一半陷進了泥地之中。

這一切變化發生得極快，金大富的叫聲陡然剎住，口仍然張得老大。

我也不禁呆了一呆，金大富說過盒中是黑暗之神，怎麼也料不到會跌出一隻圓球來，雖然說神像可以是任何形狀，或許金大富口中的黑暗之神，就是一個圓球，不過我從金大富的神情之中可以肯定，金大富在這時也感到了極度的驚愕！

那說明了什麼？說明了他原來也不知道盒子中是什麼東西，什麼黑暗之神等，全是他編出來的鬼話，目的是不想我弄開盒子！

不過，問題又來了，既然連他也根本不知盒中是什麼東西，他何以會阻止我打開盒子呢？

我立時用嚴厲的眼光向他望去，他仍然張大了口，說不出話來。我先不去理他，來到了那石塊前，雙手把那個圓球捧了起來（圓球的表面十分光滑，一隻手無法把它提起來），圓球和盒面，看來是用同一種合金鑄成的，把金屬鑄成那樣的球形，並不是一件容易的事，我看了一會，再轉向金大富：「黑暗之神，嗯？」

金大富忽然縱聲大笑了起來：「如果我說，在這以前我根本不知道盒中是什麼，你信不信？」

我悶哼一聲：「相信，不過我也相信，你知道這是什麼，有什麼用處！」

金大富完全回復了他那種狡猾的神情：「真的不知道，全不知道！」

我冷笑：「這像話嗎？」

金大富神情更狡詐：「你何不問我這東西是從哪裏來的？可能會有答案。」

我有被他戲弄了的感覺，怒道：「好，那麼，這東西是哪裏來的？」

金大富舔了舔口唇：「就是那地方！」

我先是怔了一怔，還不知道他那麼說是什麼意思，接着我明白了，這傢伙，他不知道有多少事瞞着我！我立時右手握拳，緩緩伸向他的面前，同時在他身子向後縮的時候抓着了他的胸口，將他一把提了過來，把拳頭抵着他的鼻子上。

他的神情難看之極，兩隻眼珠聚在中間，要看清楚我拳頭的下一步行動。我這時的樣子想起來也絕對不會像是儒雅君子，不過對付像金大富這種人，總不能太斯文了——這時，我自然而然想起他在古代揹了一根水火棍，欺負女人的情形來。

我一字一頓：「還有多少事瞞着我，老老實實全說出來，不然，我不去那些地方，你準備在這裏躺着，希望有什麼救傷隊經過可以發現你！」

說完，我就放開手，盯着他，他苦笑：「我沒有別的事瞞着你，就是這東西有點怪，我把它自那地方帶出來之後，一直有點怪，所以不敢告訴你！」

我冷笑，又俯身把剛才放在地下的那個圓球捧起來，在他面前晃着：「說詳細一點！」

金大富吸了一口氣：「那地方，可以搬動的東西不多，在一個架子上，有許多這樣的盒子着放，我試着取了其中的一隻，本來只是好奇，也不知有什麼用處。可是自從我開始有了那種恐怖的……幻覺之後，我試着向這盒子祝告，每次，總可以有比較平靜的感覺！」

我冷笑：「這次旅行，你還帶着那麼沉重的盒子做什麼？」

金大富哭喪着臉：「老實說，我要靠它帶路，每當我不能肯定該怎麼走時，緊靠它，就會有概念。」

我呆了一呆，這圓球要是有這樣的功能，是不是說明它有影響人類腦部活動的功能？

我又問：「你是什麼時候發現它有那種功能的？」

金大富苦笑：「我把它帶了回來，也一直想弄清楚它裏面是什麼，可是發現它無法打得開，我又不敢胡亂弄開它，就放在我的書房中，有一次，我發現我女兒一隻手按在它上面，神情驚怖，像是在做噩夢，被我叫醒了之後，她神情古怪，不等我問，就匆匆走了開去，我也將手放在上面，它好像有點信息給我……就是那樣開始的！」

金大富說時十分含糊，我也得不出什麼具體的概念，金大富接着又道：「我怕這東西邪門，不敢再放在家裏，就放到了我名下的一間公司，藏於我的辦公室中。」

我聽得他這樣講，心中陡然一動：「你那間公司在什麼地方？」

金大富猜不透我這樣問他是什麼意思，所以他怔了一怔，才說出了一個地址來，是一幢商業大廈的二樓。我不由自主地吸了一口氣：「你可記得在你的樓下是什麼店舖？」

金大富略想了一想：「好像是一間專賣玻璃器皿的精品店。」

我發出了一下歡呼聲，用力揮了一下手，神情十分興奮。金大富自然可以看出我一定是有了什麼重大的發現，可是他不知道我發現了什麼。

我和白素曾一再設想有些信息是漏了，影響了陳麗雪、金大富和金美麗三人的腦部活動，所以才會使他們有了那樣的幻覺，甚至我們曾假設陳麗雪是什麼「神殿」中逃下「凡間」來的。

這一切設想，都虛無縹緲，無可捉摸，曾令人十分困擾，可是現在，我總算結結實實地明白是怎麼一回事了！

一切，全是那盒子——或者說，是我手中那隻沉甸甸的圓球在作怪！

金大富自那地方帶出了那隻圓球，他首先受了影響。那圓球必然能放出一種信息或能量，可以影響人腦的活動，使人可以感覺到有關報應的一些片斷。

金美麗曾無意中按過這盒子，也有了同樣的感覺。

後來，金大富把那盒子帶到了陳麗雪的精品店的樓上，極有可能和放在陳麗雪經常坐的位置的頂上，所以陳麗雪也受了影響。

為什麼陳麗雪受的影響和金大富父女不同？可能是由於那盒子所在的方位之故，我立時又假設到，那盒子如果在人的上方，就會使人回到古代！

我在飛機上曾回到古代，自然也是由於那隻盒子的影響，那時，那盒子一定在金大富的行囊之中，而放置在我頭上的行李格中！

那盒子（圓球），才是來自果報神宮殿的信息傳送者！

我一面想，一面神情變化，盯着那圓球看。金大富等了片刻，未見我出聲，就小心地問：「衛先生，這……是什麼東西？」

我又想了一想，才道：「不知是什麼，但它肯定能放出一些能量，影響人腦的活動——」

我說到這裏，伸手指了指上面：「我相信如果置它於上方，可以使你有回到古代的經歷，我提議你試一試，或許那可以使你明白，為什麼你要受到那麼可怕的報應。」

金大富不斷的眨着眼，終於一咬牙：「好，我就試一試，就放在營帳上好了！」

那盒子的六片已經散開，無法再拼攏，我把那圓球放到了他的營帳之上，圓球陷進了帳頂，十分穩當，金大富在鑽進營帳之後，又對我說：「我真的沒有什麼事瞞着你的了！」

我由於才解決了一個謎團，心中十分高興，也不與他多計較，只是揮了揮手。

金大富進了營帳，並沒有放下帳幕，我倚着一塊大石坐下來，可以看到他在帳中的情形，我找出了一瓶酒，慢慢地喝着。

大約半小時之後，我感到金大富已經睡着了——他先是很不安地轉側着，但這時已完全靜了下來。

我心中在想：他是不是已回到古代了呢？

我在「醒」過來，感到自己又身在機艙之後，曾問過金大富：「剛才我有什麼異狀？」

金大富對於我的問題感到十分詫異，他的回答是：「沒什麼異樣，你睡着了，睡得很沉。後來，你發噩夢，想打人！」

這證明，我和陳麗雪，在「靈魂出竅」回到古代時，身體完全留在原來的時間和空間之中！

金大富現在的情形，是不是也那樣？

已經知道那種偶然影響我們的力量，來自那隻圓球，而那圓球又來自那個地方，那使我對那個地方，更充滿了探索的好奇。

二十五

我一直留意着金大富，看到他有一些間歇的動作，有時身子會輕輕彈跳，有時又縮成一團，不久又伸展開來，看起來，就像是普遍在熟中的情形——至於他是不是有做夢，旁人自然不得而知。

這時，下弦月已然升起，月色清冷，映在半陷入帳篷頂上的那圓球上面，發出一種黑黝黝的，看來充滿了神秘的光輝。

對於這種表面十分光滑的金屬製品，我已經有過不止一次奇異的經歷。我想起那個被土人膜拜為「叢林之神」的金屬圓柱，使接近它的人，產生預知能力。那圓柱的表面光滑程度和色澤，就和這個圓球差不多。

至於那個金色的圓球，也有影響人類腦部活動的能力，使得僧侶在冥思之中，可以和另一個世界的溝通。那金球的大小，也和眼前這圓球差不多，後來獲證明是一整個星球的移民飛船！

眼前這個圓球，顯然具有那麼神秘的力量，可以影響人的腦部，作時間和空間雙重突破的活動，自然不是地球上的產物，它來自何處呢？

我大大喝了一口酒，抬頭向天，星空無限，由於不是滿月時分，天空十分黑暗，所以可以看到的星星也特別多，肉眼可以看到的星體，畢竟有限，天文學家發現的星群，最遠的，距離是一百二十億光年，那是一個什麼樣的距離，而宇宙還沒有到邊緣。

宇宙究竟有多大，地球人只怕永遠也無法知道，在宇宙中，究竟有多少億顆星球，在宇宙中猶如一粒微塵般的地球上生活的人，自然也永遠無法明白。

在整個宇宙的億億萬萬的星體之上，在許多許多許多星體上，會有智慧極高的生物，當然不容懷疑，其中已有許多許多到過地球，在地球上有他們的行動，也是絕不足為奇的事。

那些來自宇宙不知哪一個角落的生物，是什麼時候來的？相信不會太久，那時，不但人類已經存在，而且必然已經發生了許多人類的行為，這些行為都是根據人類的天性而產生的，必然包括着許多罪行和醜惡。

於是，來自外星的高級生物就幫地球人建立了一種秩序，這種秩序，叫作「報應」，它的原則是「好有好報，惡有惡報」。

這種外星生物顯然充滿了智慧，而且有着十分公平的處事方法。他們的智慧在於他們知道，要地球人摒棄惡行是不可能的，那麼，唯一的公平對等行為，就是做下惡行的人，必然要遭惡報，以此來鼓動善行，減少惡行。

究竟有多少年了？「報應」早已深入人心，究竟起了多少作用？

我愈想愈遠，也一直望着那隻圓球，那圓球仍然閃着神秘的光輝，金大富也沒有醒來。

我閉上了眼睛，由於十分疲倦，不久，也漸漸進入了睡鄉。

這一次，我可以肯定沒有過了多久，因為我還處於矇矇矓矓、半睡不醒之間，就被一下怪叫聲所驚醒。

立時睜開眼來，看到那隻圓球，一下子彈跳到了半空，又跌了下來，重重落在地上，滾出了幾公尺，被一堆碎石阻住。

而那個營帳，卻像一個妖怪一樣在扭動，而且發出十分可怕的聲音——這種情景，十分怪異，但是我立即知道了原因，所以並不吃驚。

我知道那是由於金大富陡然跳了起來，撞開了帳頂的圓球，而他在急切之間，又出不了營帳，所以才在帳中拚命掙扎。

我走過去，把營帳拉開，再用手把金大富拉了出來，金大富向前跌跌撞撞走出了兩步，雙手緊緊抱住了頭，身子在發着抖。

我走過去，把他的雙臂用力拉了下來，他不住搖着頭，像是想把頭搖下來一樣。

我看他的神情，知道他一定有一個極可怕的「夢境」，就用力拍了拍他的臉頰：「怎麼樣了？」

一直到我問了第十七八次，他才陡然叫了一句：「我不去了！」

我呆了一呆：「你什麼？」

他仍然搖着頭：「我不去了……我不到那地方去了！」

我只是奇怪，到那地方去，是他千求萬求求我去的，而且，他還寄以極大的希望，以為到了那地方，憑我的力量，可以使他看到過的可怕的結果改變，他還曾發狠勁，說要擺脫報應的規律。

可是現在，他說不去那地方了！

我沒有問為什麼，只是冷冷地望着他，他身子開始發抖，接着，又用發抖的聲音慘叫：「應有此報，我應有此報啊！」

他叫的聲音，十分淒厲，最後那個「啊」字，顫聲叫出來！直叫人寒毛直豎。

我陡地吸了一口氣，明白到金大富已知道他自己犯的是什麼惡行了！

連他本身，在知道自己曾犯下了什麼惡行之後，也覺得應有此報，可知報應是何等公平！

陳麗雪說得對：到報應臨頭時，遭報的人一定都知道為什麼會遭報，絕不會不服氣，都會接受報應的安排，在心中大叫：「應有此報」！

我還想安慰他一下：「也許，去了那裏，事情可以有點轉機？」

金大富頭愈搖愈厲害，嚎聲叫：「我不去了！我應有此報，應有此報啊！」

他的那種神情，分明已接近瘋狂的狀態，我大喝一聲：「你遭報的時辰還沒有到，就鬼嚎幹什麼？」

一面說，一面重重一掌，摑向他的臉上。

對精神處於異常狀態的人，重重的一下掌摑，會相當有效。這時，由於金大富的樣子，實在太怪異，所以我出手也重了一些。那一掌，摑得他身子一歪，連跌出了兩步，才算是勉強穩定，不再叫，頭也不再搖，捂着被打的那一邊臉，眼望着地上。

過了好一會，他才抬起頭來，聲音仍然十分乾澀，但總算不再嚎叫，他道：「你剛才說什麼？」

我沒好氣：「我說，你還不到遭報的時候！不是到明年才輪到你有報應嗎？你先發起瘋來幹什麼？」

在星月微光之下，金大富一邊臉，煞白得可怕。可是另一邊臉，由於給我括了一個耳光，卻又紅又腫，看來怪異莫名。

他雙眼睜得極大，眼神空洞，口唇掀動，並沒有出聲，看起來，像是把我剛才說的話，重複了一遍，然後，他雙手抱着頭，蹲了下來，盯着那隻圓球看。

我留意着他下一步的行動，也沒有說什麼，過了好一會，他才開口，語氣出乎意料之外的平靜：「那地方，我已去了，你要去，自己去吧！」

我十分憤怒，沒有他帶路，我怎麼知道如何才能到那鬼地方去？可是我又不願意求他帶路，所以我只是冷冷地盯着他。

金大富從我的眼神之中，看出了我的怒意，他抱歉似地笑了一下——由於他捱了打的一邊臉又紅又腫，肌肉早已失去了表達情感的作用，只有半邊臉的口角向上翹，現出笑容，看來更是詭異。

他指了一下那圓球：「這……東西十分神秘……它可能會帶你去……就算去不了，也沒有什麼損失。衛斯理，報應不爽，早已由自己的行為下了結論，去不去那地方，都沒有關係！」

他語氣沉重，我望着他，幾乎不相信那一番話會出自金大富之口！這時，他一副大徹大悟的樣子，和以前的金大富，判若兩人！

我知道，那自然是他有了「回到過去」的經歷之後，才有的改變。

我試探着問：「你確然回到了過去？有了一些十分特異的經歷？」

他不等我問完，就雙手亂搖：「不必問我，問了我也不會說，那……又不是什麼光彩的事……真正是豬狗不如！」

他用那麼重的語氣在責備自己，而且流露出來的那種痛苦的神情，看來也不像是偽裝，我又大感意外，對他反倒有了一絲好感。我道：「你做過壞事，那毫無疑問，殺人？放火？強姦？」

金大富的身子，劇烈地發着抖，口唇抖得更厲害，喉間發出了一陣可怕的「格格」聲，我又道：「放下屠刀，立地成佛，你現在知道了自己的惡行，未必一定會有那樣的報應！」

金大富突然發出了幾下乾笑聲，聽來十分悲苦，他緩緩搖頭：「哪有這樣的好事，犯下了惡行，過了若干時日，若是深切後悔，就可以沒有報應？哪有這樣的好事！真要是那樣，報應還叫報應嗎？」

我吸了一口氣：「你所謂看到的報應，也不真實，人怎麼能把自己的頭搬下來，再用雙手扯自己的嘴？」

金大富垂下了頭，好一會不言不語，才道：「能的，怎麼不能？」

我一揮手：「好了，你不去那地方，我還是要去，你請便吧！」

我說着，把那個圓球捧了起來，不再理會他，金大富木然坐着，一動不動，看來是等天亮之後好動程。

我知道那個圓球有影響人腦活動的能力，這時，我盯着圓球看，我並不想再「回到古代」去，那種彷彿靈魂出竅，時空完全錯亂的經歷，雖然美妙之至，但是在感覺上，卻叫人有異樣的不舒服之感——陳麗雪正由於這種不愉快的感覺，才來向我求助的。

我只是想那圓球發出力量，使我能找到那地方去的路途！

可是，一直到東方發白，天色大明，我並沒有感應到什麼，金大富這時，已把他的行囊整理停當，看來他的精神狀態，十分正常，他道：「我會駕直升機走，再請人駕回來，你到了那地方之後，回程可以用！」

我望着他，心中想，他駕走了直升機，要是拋下我不管了，倒也是麻煩事。我並沒有說出口，可是金大富已經苦笑：「我不會說了不算數……我怕……再做惡事，報應會更慘！」

我呆了一呆，他這句話，說得實在之極，是一個徹底知道了報應的人的話。

他又向西北方向指了一指：「應該是從這個方向去，從一個十分狹窄的通道，通過一個巨大的山洞之內，就是那個地方……記錄着世上所有人，不論在什麼時候，做下了惡事之後，應得的下場！」

他一面說，一面已大踏步走了開去。

二十六

等到金大富走得看不見了，我才收拾一下行囊，準備獨自繼續上路。那隻圓球使我感到躊躇——帶着它，它十分沉重，在不知要經歷多久的徒步旅程之中，會使我體力過度消耗，可是放棄它，我又不捨得，因為它確然有極其神秘的力量。

想了一會，我用一些繩索，編了一個網兜，把圓球放在網中，用繩子牽着，由得它在地上滾動，那就不必十分費力，就可以帶着它走了。

那一天，我向着金大富指的方向走，一直到天色昏暗，我估計至少行進了五十公里，所經之處，一個人影也沒有見到，到晚上我紮了營帳，睡到第二天清早。

第二天，到了中午時分，已經可以看到前面，是十分巍峨的山影。

根據金大富的描述，那地方是在一個巨大的山洞之中，看到了有高山，自然增加了希望，精神也為之一振，當天晚上，在一個小湖邊紮了營，環境幽靜之至，一個人在湖邊，望着粼粼湖水，把這件怪事從頭至尾，想了一遍，結論是早就得出了的，也沒有什麼新的設想，就已進入睡鄉。

第三天下午時分，已經抬頭可見直上直下的峭壁，插天屏風一樣，擋在前面。

這三天來，本來就沒有道路可走，眼前這延綿不絕的已超過一百公里的峭壁，就算有充足的攀山工具，也不容易翻越得過去，峭壁的石縫之中，長滿了藤蔓的灌木，要找金大富所說的那個通道，當真是談何容易！

我站定，打量着橫在前的峭壁，心中盤算着該怎麼辦，已經到了這裏，總沒有就此算數之理，可是，又如何可以到達那專司果報的果報神的宮殿？

我站了並不多久，竟然有一股力量，把我的手臂舉動了一下。

那令我極駭然，我立即想起，當我和陳麗雪回到古代，跟在金大富的身後時，在十分貼近的時候，金大富分明曾有所感覺，現在，幾天不見人影，怎麼會竟然有人牽動我的手臂呢。難道也有什麼人從未來回到了現在，正在跟蹤我，貼近我？

我連忙四下看顧，等我看清那股牽動力量的由來時，我更是駭異！

我一直把那圓球放在網兜中，用繩子牽着，繩子的一端，就繫在手腕上。這時，我所站立之處，並不是斜路，可是那圓球卻在滾向前，以致牽動了我的手臂！

當我發覺時，網兜上的繩子，已被扯得筆直，情形就像我在牽着一頭狗一樣！

我心中一動，忙把繫在手腕上的繩子解開，圓球滾向前，速度並不高，我跟着它走出了十來公尺，追上了，把它從網兜中取出來，當我雙手捧着它的時候，發覺它有極大的牽引力，令得我不由自主，要向前移動腳步。

我忙把它放下來，這時，圓球滾向前的速度，快了許多，它是直線向前滾動，遇到有樹木石塊阻住去路時，它會彈跳起來，在空中以極高的速度飛越，然後再落下地來，滾動向前。

我急步跟着它，這種經歷，令人恍惚為置身於童話世界之中！

離峭壁愈近，圓球的滾動愈快，我要由大步走，到小步跑，最後不得不拋棄了背囊，快步跑才能追得上，在離峭壁約莫還有十公尺時，我已看到峭壁上有一道大約三十公分的隙縫，在陽光之下，那圓球閃着神秘的光芒，一下子撞在一塊石頭上，彈跳了起來，「嗖」地一聲，就射進了那道隙縫之中。

我停了下來，喘了幾口氣，知道目的地到了！快步來到那隙縫口，向內看去，看得出是一條又長又直的通道，在通道的盡頭處，依稀有光亮閃耀。我向前走去，通道約有兩百公尺，直入山腹，愈向前走，前面的光亮愈是明顯，終於，我一步跨進了一個極大的山洞之中。

一直到後來，我都不敢肯定這個山洞是天然形成的，還是因什麼力量開出來的，或是什麼力量順着天然的山洞作出了修改而成的。

它極大，足有一個足球場大小，而且極齊整，金大富的形容不是很貼切，他說有許多「電視」，在「熒光屏」上看到影像，而那絕不是熒光屏，只是極薄極薄的一種金屬片——我想質地和那圓球一樣，金屬片整齊排列，不知有多少片，緊貼在大山洞的洞壁，大山洞至少有五十公尺高，金屬片一直貼到頂，金屬片的大小是二十公分見方，看起來，難以數計。

每一片金屬片上，都有影影綽綽的影像，當專注其中一片時，影像會漸漸清晰，而且，可以感到聲音。金屬片上的影像隨時在變換，大約每十來秒就變動一次，看起來，至少可以有上億個變化。

那個圓球，也已經進了山洞，停在山洞中心部分的一個半球形的凹痕之中，在那凹痕之旁，是十根圓柱，每一根圓柱之上，都有一個按鈕，鈕上有一個到十個黑點。

金大富十分可惡，這種詳細情形，但竟然都未曾向我說起過！

我來到圓柱之前，隨便按下了一個按鈕，無數金屬片上的影像起了變化，我按了幾下，發現那個是控制時間的按鈕，那些黑點，自然是代表數字，試驗出了規律之後，我把時間固定在兩年之後，想看看那一年，會有一些什麼事發生在一些人的身上。

然後，我走過金屬片，首先，我看到一個面目猥瑣的胖子，正愁眉苦臉地在牢房之中，同時，也聽到了他在不斷唉聲嘆氣。在旁邊的一疊金屬片上，看到的是六個高矮肥瘦不同的男人，正在互相廝打——那六個人看來都不像是打架的腳色，可是都打得極狠，不但拳打腳踢，而且互相撕咬，其中有一個半禿的老頭子，就叫另外一個咬住了耳朵，鮮血淋漓，而且他們發出的嗥叫聲，聽來也駭人之極！

我當然看了很多很多，我沒有金大富那麼本事，知道未來發生的事是發生在什麼人的身上——就算我知道了，又何必講出來，就算我講出來了，會有人相信嗎？譬如說，在時間的調整之中，我看到了很多人被火燒死——誰知道這是哪一年哪一月的火災？

又有一個乾癟得比乾屍還要可怖的老頭子，早就應該進入安詳的死亡了，可是還在病牀上輾轉，身上插滿了各種管子，讓他在神智清醒的情形下，飽受肉體痛苦的折磨，這又是什麼報應？

我看到的，只是極小部分，比我人高得太多的地方，就看不真切，太低的，我也不願伏在地上去看，可以看的畫面太多了，根本來不及看，就算在這裏耽上了十年八年，只怕也看不完！

我不知道過了多久，才長長吁了一口氣，毫無疑問，這裏記錄了地球上過去現在未來所有人的結果，而且看來，一個好下場也沒有，正如我事先推測過的一樣，這裏記錄着人類的一切惡報！

這點現已完全可以肯定，問題是：什麼力量在主持報應的運作？

我大聲說了幾句沒有意義的話，諸如「有人嗎」、「這裏是誰在主持」、「你們屬於哪一種力量」等等。我的聲音在巨大的山洞中，激起了陣陣回聲，當然沒有結果。

我又希望那隻圓球有能力可以使我和主持這裏的力量溝通，所以，就在那圓球之前坐了下來，集中精神，希望我能感到點什麼。

可是，時間慢慢過去，我估計至少有五小時之久，我什麼也沒有感覺到。

我由於什麼都得不到，又是失望，又是氣憤，忽然想起，如果金大富不是忽然改變了主意，他會和我一起來到這裏，找出有他的下場的那片金屬片來，加以破壞——這是我提議的改變結果的一個方法。

現在，我自然無法從那麼多金屬片中，找出有金大富出現的那一張來，何不隨便找一張試試，看看會有什麼樣的變化？

我想着，取了一柄極鋒利的小刀在手，那小刀的刀柄，用緊硬的合金鑄成，可以當鎚子用。我順手向一片金屬片重重敲了一下。

那一下，我已用足了力道，敲上去的時候，發出出乎意料的「噹」的一聲響，看來金屬片之後是一個空間。

一敲上去之後，金屬片上閃起一陣光亮，接着，現出的景象和原來一樣，只不過更為清晰，我看到的是許多許多人，每一個人的頭部，簡直比針頭還要小，可是奇怪的是，即使那麼小，每一個人的五官，都清晰可見，自然也可以看到他們的表情——每一個人都是一片木然，不是悲傷，不是難過，只是一種絕望的麻木，人多得數不清，每一個人的表情都一樣，這情景十分令人發怵。

那麼多人聚在一起，看樣子是正在進行一項什麼儀式，是的，音樂聲響起，很熟悉的旋律，然後是一面旗子降下來，另一面旗子升上去。

我不由自主，感到一股寒意，又重重一鎚敲上去，仍然發出了「噹」的一聲，可是金屬片上的畫面，一點沒有變動，我轉用刀鋒亂刺亂畫，金屬片絲毫無損！

這裏的一切，不受破壞，或者是，雖然被破壞了，一切還是照報應的規律運行！

我想通了這一點，沒有再多停留，就大踏步地循着那通道，離開了這應果報神的宮殿。

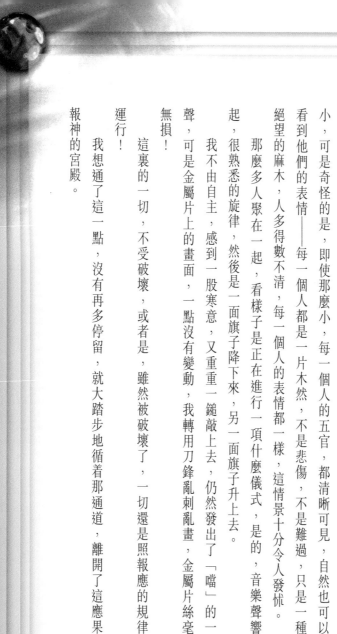

二十七

當我回家，和白素見面之後，我先向白素說這次遠行的經過，才開始不久，胡說和陳麗雪就來了。

我說完了經過，結論是：「金大富從那地方帶出來的那隻圓球，干擾了人腦的活動，使陳麗雪有特別的幻覺，可以說，那是果報神宮殿泄露出來的信息。而主持報應規律運行的，我相信是一組外星人，或是多組外星人，他們把宇宙生物的規律在地球上執行，絲毫不苟，絕沒有人可以逃得過去。」

我特別強調：「好有好報，惡有惡報，若然不報，時辰未到！」

我再強調：「時辰，可能會隔上好幾百年，甚至上千年之久；金大富本來極不服氣，可是在知道他自己犯了什麼惡行之後，他就說：應有此報！」

白素吸了一口氣：「可是報應太抽象了，像金大富，把自己的頭放在膝上扯自己的嘴，金美麗身子成了肉碎，這都不是實際生活中能發生的事！」

胡説道：「可能是一種象徵式的譬喻？」

陳麗雪打着手語：「我看不是，還是實在的，只不過這種懲罰，不在人間進行，在另一個空間，譬如説，陰間的地獄之中！」

我、白素和胡説，都感到了一股寒意。雖然我們都知道自己不至於有什麼惡報，但是報應的運作，竟全然可以突破時間和空間，那麼就是説，任憑犯有惡行者上天下地，都不能逃脱報應！這是何等森嚴的規律！它是宇宙的規律、人類任何力量都不能抗拒的鐵律！

靜了好一會，大家都向陳麗雪點了點頭，表示同意她的設想——一開始，我就説過，這個故事很怪，怪在所有的一切，全靠可以接受的設想來完成，我們並不知道報應運行的真正詳情，因為我們未曾和主持這種運作的力量有任何正面的接觸。可是一切假設，只要是可以接受的，看來又如此順理成章！

自然，這和我們早已知道報應是怎麼一回事，大有關係——事實上，每一個人都知道報應是怎麼一回事，有誰不知道呢？

我先打破沉寂：「金美麗和陳麗雪的會面情形如何？」

白素搖頭：「極平常，金美麗先來找我，說想見一見陳麗雪，她知道陳麗雪那天不在店鋪中。雖然她知道可能會有被磨碎的可怕幻覺，她寧願再經歷一次，好弄明白這其中的原因，結果陳麗雪來了，和她相見，卻什麼也沒有發生。金美麗哈哈大笑着離去，一面還高興地叫：『噩夢過去了！』」

我們都知道，可能是那個圓球已遠離了她，所以她腦部活動不再受干擾了，她什麼時候會遭到報應，誰也不知道，現在她認為噩夢已經過去了，總也不是什麼壞事。我們知道的是，金大富的報應，會在明年來臨！

二十八

回來之後，我兩次試圖和金大富聯絡不果，我自然不會再主動再作第三次聯絡，不過報章上倒常見到他的名字，他大筆大筆捐出巨額的金錢，作各種各樣慈善用途，很有點想藉此贖罪的意味。

可是我卻記得他在那曠野中講的話：「要是後悔了，做點好事，就可以消除過去的惡行，那還叫什麼報應呢？」

是的！

報應就是報應！

好有好報，惡有惡報。

若有不報，時辰未到。

（全文完）

衛斯理小說典藏版　45

報應

作　　者：　衛斯理（倪匡）
責任編輯：　盛達　　常嘉寧
封面設計：　李錦興
出　　版：　明窗出版社
發　　行：　明報出版社有限公司
　　　　　　香港柴灣嘉業街18號
　　　　　　明報工業中心A座15樓
電　　話：　2595 3215
傳　　眞：　2898 2646
網　　址：　https://books.mingpao.com/
電子郵箱：　mpp@mingpao.com
版　　次：　二〇二二年七月初版
I S B N：　978-988-8688-92-0
承　　印：　美雅印刷製本有限公司